적멸에 앉다

장인수 시집

문학세계사

팥꽃을 팥꽃의 높이에서 보면 들판의 팥꽃이 두타산 꼭대기에 피고, 구름 위에서 피기도 해.

고추를 딸 때 밭고랑에 쭈그리고 앉아서 보면 고추가 부처님으로 보여.

구절초를 구절초의 높이에서 보면 별처럼 보여.

나무에 달린 사과의 높이에서 사과를 바라보면 합장이 절로 나와.

사람은 늘 자신의 고정된 눈높이가 있지.

나의 눈높이보다는 상대방의 높이에 내 눈썹을 맞추면 순식간에 새 세상이 보인다는 아버지 말씀.

감자를 캘 때 흙속에 손을 쑥 집어넣으시며 아버지가 하신 말씀이다.

2017년 10월
장인수

□ 차례

1 적멸에 앉다

적멸에 앉다 _____ 10

친구 _____ 11

소 떼 _____ 12

가지 비빔밥 _____ 13

아버지 옆에 가만히 눕다 _____ 14

당당하게 쏘다니자 _____ 16

아버지의 등 _____ 17

초승달 _____ 18

아버지 밭 _____ 19

아버지의 집 _____ 20

노을이 소 등을 덮다 _____ 21

아버지의 눈 _____ 22

아버지의 허리 _____ 23

아버지의 냄새 _____ 24

책가방은 멀쩡하네 _____ 25

나무 그늘 속에 극락보전이 있다 _____ 26

2 눈이 오는 날은 눈 밖의 소리가 다 보인다

하늘 밭 _____ 28

풀 냄새 _____ 29

힘겨루기 _____ 30

놀란흙 _____ 32

소는 혀가 아름답다 _____ 33

살얼음 _____ 34

다림질 _____ 35

구두 _____ 36

눈꼽재기창 _____ 37

마당 풍경 _____ 38

눈이 오는 날은 눈 밖의 소리가 다 보인다 _____ 39

뿌리 _____ 40

엄마는 꽃의 삶을 산다 _____ 41

돼지국밥 _____ 42

얼큰 멸치 칼국수 _____ 43

생닭장수 _____ 44

3 음악으로 목욕을 한다

함께 잡니다 _____ 48

손길 _____ 50

독감의 유혹 _____ 52

예수님이 섹시해 보이네 _____ 54

웃음의 물살 _____ 56

젖꼭지 수업 _____ 57

음악으로 알몸 목욕을 합니다 _____ 58

아랫도리의 무량사無量寺 _____ 59

팬티 속은 예배당입니다 _____ 60

갯벌의 욕정 _____ 61

찰나의 미학 _____ 62

해바라기 사원 _____ 64

스침의 충만 _____ 66

귀두는 제 3의 눈동자입니다 _____ 68

스님! 노여움을 푸세요 _____ 70

4 성경 구절 같은 칼국수를 먹는다

초짜 선생 _____ 72

지구의 모텔 _____ 74

몸, 최고 달아 _____ 75

천 원짜리 식사 _____ 76

397세의 우정 _____ 78

노량진역의 폭설 _____ 80

각설이의 땀 _____ 82

취미 여덟 가지 _____ 84

성경 구절 같은 칼국수를 먹는다 _____ 86

바다가 정말 싫다 _____ 88

갯벌에 합장을 하였다 _____ 89

코스모스의 중심 _____ 90

우리 가족은 미쳤습니다 _____ 91

옆구리 _____ 92

노을과 초승달 _____ 93

흙덩어리 _____ 94

| 해설 | 기혁(시인 문학평론가)
장천하어천하藏天下於天下의 카니발을 꿈꾸는 아비들의
연대기_____ 95

1
적멸에 앉다

적멸에 앉다

자전거에
막걸리 한 병
비닐 포대 두 개
낫 한 자루
된장 한 식기
꼭꼭 동여매고
밭에 가서
고추, 고구마, 열무, 참깨랑 어울리다가
출출함이 찾아오면
밭가 그늘의 적멸에 털푸덕 앉아서
막걸리를 몇 잔 마시는 거라
알타리 무를 쑥 뽑아
낫으로 껍질을 설겅설겅 친 후
낫맛과 무맛 깨물어 먹는 거라
나무 그늘의 품은 잠시나마
별서別墅이며
적멸보궁인 거라

친구

"인수야, 나 네 아버지랑 친구했다."

울 아버지는 내 친구 윤기선의 친구다.

아버지가 내 운동복을 입고 논배미에서 일을 하는데

오토바이를 타고 들녘을 어슬렁거리던 윤기선이가

"야, 인수야! 이놈아, 너 언제 내려왔냐?"

라고 큰소리로 반갑게 인사하더라는 것이다.

"어, 저는 인순지 알었어유. 인수하고 똑같네유."

아버지는 윤기선이를 불러다가

느티나무 아래에서 막걸리를 주거니받거니……

"아브지, 제가 아브지께 이눔이라고 욕했잖아유. 뭐, 이
왕 이렇게 된 거 우리 친구해유."

"그려! 아주 잘됐네. 반갑다, 친구야."

박장대소로 아버지도 흔쾌히 수락을 했던 것이었다.

나는 아버지 친구분들을 잘 모르는데

아버지는 내 친구들의 근황을 나보다도 더 잘 알고 계
시다.

소 떼

아버지와 설악산에 갔다
한계령에서 대청봉으로 오르면서
두루 시선을 주던 아버지, 왈,
―저 바위는 소처럼 눈을 희번덕 부라리네
―화가 잔뜩 난 것처럼 갈기를 바싹 세웠어
―제 엉덩이를 내리치는 소꼬리 같구먼
―구유통을 두 뿔로 치받는 모습이야
―긴 혀로 새끼를 핥는 모습이야
―발정난 암소가 밤새 영각을 켜는 모습이야
―정액을 질질 싸며 수소가 암소를 올라타는 모습이야
―수소 자지는 어른 팔뚝보다 더 크지, 장엄하지!
아버지의 눈에는
공룡능선, 소청봉, 귀때기청봉, 비선대의 용솟음이
온통 장엄한 소 떼로 보이나 보다
설악산을 오르며 소 떼 몰이를 하고 있는 중이다

가지 비빔밥

아버지가 내오신 가지 비빔밥
가지를 너무 삶아서
가지죽이 되었습니다
숟가락에 닿자마자
흐물흐물 찢어지고
자줏빛 곤죽이 되었습니다
고추장을 넣고 비빕니다
애호박도 푹 삶아졌습니다
흐물흐물 애호박도 듬뿍 떠서
비빔밥에 넣어 비빕니다
입안에서 살살 녹아납니다
후루룩 꿀꺽 잘도 넘어갑니다
한 그릇 뚝딱 해치웠습니다
또 한 그릇 비벼 먹습니다
막걸리도 한 잔 마십니다

아버지 옆에 가만히 눕다

대청마루에 술상을 차렸습니다
개불을 아버지가 가장 좋아하십니다
소주 한 병이 금방 빕니다
하지만 얼마나 고단하셨는지
곧바로 곯아떨어집니다
헐렁한 반바지 틈으로
돼지감자 같은 불알 두 쪽이 보이고
쩍쩍 갈라진 발등의
갈라진 틈으로 논흙이 잔뜩 끼어 있습니다
물을 뿌려 촉촉하게 하면
발등에서 새싹이 파릇파릇 돋아날 것만 같습니다
울긋불긋 하지정맥류의 다리 핏줄은
소나무 구근을 닮았습니다
드르렁드르렁
낮잠에 빠져 든 고된 발바닥을
주물러 드리고 싶지만
차마 쑥스러워서
그저 고들빼기를 안주 삼아

나머지 소주 한 병을
혼자서 조용히 비웁니다
나도 아버지 옆에 가만히 눕습니다

당당하게 쏘다니자

우리는 모두 당당하게 쏘다닐 권리가 있다
경운기 사고로 척추에 금이 갔다
휠체어를 타다가 목발을 짚고 일어선다
절뚝절뚝
병원을 나선다
아들이 아버지를 부축하며 걷다가
이발소 앞에서 셀카도 찍는다
"설렁탕집 갈까요?"
"거기? 그래."
어떤 환자라도
길은 그 누구의 것이면서 세상 모두의 것이기에
당당하게 쏘다니자
금요일 저녁은 당당하게 쏘다니는 거다
"당당하게 밥 먹자."
설렁탕집 액자에 걸려 있는
밥기도문처럼!

아버지의 등

아버지는 염소를 천 마리쯤 키우고 있는데
수백 마리는 마천령산맥 구름바위에서 살고
수백 마리는 천산산맥의 풀을 뜯으며 살고 있습니다
또 수백 마리는 고구려, 백제, 신라의 초원을 내달립니다
국경선을 하루에도 수십 번씩 넘나듭니다
말뚝은 고비사막 한 가운데 매어 있고
아무르강을 따라 흐르는 달빛을 고삐로 삼고
해란강의 물을 마시며 살아갑니다
염소들은 하루에 한 번은 말뚝에게 다가가
뿔과 목덜미를 비비고
등과 엉덩이를 박박 문댑니다
온 천지가 다 가렵다가도
말뚝에 비비고 나면 후련합니다
뿔과 털에서 떨어져 나온 각질과 먼지가 휘날립니다
염소도 시원함을 느끼지만
오히려 말뚝이 더 큰 쾌감을 느낍니다
아버지도 염소처럼 자신의 등을
말뚝에 비빕니다
그러면 말뚝이 탄성을 지릅니다

초승달

하늘 가던 큰아버지
잠시 앉아서 쉬다 간
등받이가 딱 좋은
자리 하나
줄을 길게 매달면
송충이도
콩 넝쿨도
해병대 친구들도
일렬로 올라갈 것 같은 고지
먼 길을 가던
큰아버지가
잠시 앉아서 쉴 수 있는
등받이가 딱 좋은 의자
톡 건드리면
흔들의자가 될 것 같은
먼 길 가다가
아버지도
잠시 쉬어가기 좋은
등받이가 편안한 의자 하나

아버지 밭

아버지가 건강한 밭이라면
실뿌리 주변마다
꿈틀거리는 지렁이들이 살고
지렁이를 잡아먹는 두더쥐가 살고
아랫도리로 독사가 스슥스슥 지나가고
성질 사나운 불개미들이
생사를 건 사투를 벌일 게다
아버지가 건강한 감자밭이라면
아버지의 푸른 팔뚝에서
사마귀가 사마귀를
잎사귀처럼 뜯어먹을 것이다
아버지가 건강한 풀밭이라면
아버지를 뜯어먹는 것들과의
야생의 동거는
조용한 날이 없을 게다

아버지의 집

우리 집의 대문 앞에서
멀뚱멀뚱 대문 안을 들여다본다
아버지는 성모병원에 입원해 있고
엄마도 간호를 위해 병원에 있다
기척도 없는 빈집에
비가 쏟아져서
댓돌의 신발에 가득 빗물이 넘치고 있다
댓돌의 신발에 가득 넘치도록
주룩주룩
세로로 된
장문의 편지를 쓰고 있다
텅 빈 외양간을 토종닭들이 돌아다니며
따끈한 달걀을 놓았다
대문 안으로 들어서는 나를 보더니
수탉이 벼슬을 세우고
한바탕 긴 울음을 운다

노을이 소 등을 덮다

"인수야, 노을이 소 등을 넘고 있어."
"인수야, 노을이 소 등을 넘었어."
소 그림자가 점점 길어지고 있다
"인수야, 노을이 소를 덮었어."
소는 하늘의 음악을, 색깔을, 춤을, 꽃을 뜯어먹는다
음메!
소가 영각을 켠다
지게에 잔뜩 고구마 순을 짊어지고
거친 숨결을 토하며
소 세 마리를 끌고
귀가 하는 아버지는
누런 소 등에서 꿈틀거리는 노을빛에 취해서
휘청
나는 흑염소 스무 마리와 함께
아버지 뒤를 따르고 있다

아버지의 눈

아버지는
자신의 두 눈동자 사이에
지평선의 2분의 1을 넣고
부드럽게 굽혀서 능선을 만들어 주시곤 했다
그럴 때 아버지의 눈은
맑은 시냇물 속 붕어의 눈을 닮았고
외양간의 소 눈을 닮았고
부처님의 해탈한 눈을 닮았고
강낭콩과 보름달을 닮았다
들판에 서서
들판을 바라볼 때
노동과 고달픔으로 가득 찬
늙은 농사꾼의 눈동자는
갓 태어난 아이처럼 울고 있었다

아버지의 허리

허리를 펴 뒤로 젖히고
우두커니 서서
사방팔방을 둘러본다
노을 빛깔, 야생화 빛깔, 물빛 빛깔, 구름 색깔, 여치와
백로와 제비들의 색깔이
혜실바실
넘실거린다
들깨, 참깨, 콩, 팥, 마, 감자, 고추, 배추, 호박, 가지들을
밭에만 심는 것이 아니다
구름 속에도 심고, 노을 속에도 심고, 바람 속에도 심는 것
허리를 펴고 잠시
우두커니 서 있을 때
싹이 트고, 꽃이 피고, 색소를 만들고, 향기를 풍기는
색깔의 세상이 광활하게 펼쳐지는 것이다

아버지의 냄새

1941년 신사년 뱀띠 4월 초파일에 태어나신 아버지는 매일 새벽 두 시간 넘게 논두렁, 밭두렁을 돌아다닌다.

아침을 먹을 때 고라니, 두더지, 벼이삭, 콩꽃, 깨꽃, 잠자리 얘기를 하신다.

12간지와 띠와 24절기와 천문과 만세력을 달달 외우시는데 하루에도 수백 번 사람, 곡식, 가축, 동식물, 하늘과 대화를 나누고 기력을 살피곤 한다.

아버지는 24절기와 관련된 속담을 대부분 다 아는데 '망종芒種 때는 별보고 나가 별보고 들어온다, 대서大暑 더위에는 염소 뿔도 녹는다, 입추立秋 때는 벼 자라나는 소리에 개가 짖는다' 등등 이런 속담들을 입에 달고 사신다.

아버지는 늘 바보처럼 웃는다.

아버지의 몸은 온통 풀 냄새와 소똥 냄새로 가득했지만 그 비릿한 냄새 사이로 수천 가지의 향긋한 향내 분자를 풍긴다.

책가방은 멀쩡하네

고1 때 오월 오일
시골집이 홀랑 불탔다
삽시간에 헛간과 닭장까지 화염에 휩싸였다
다행히 외양간의 소와 염소만은 무사했다
하숙비를 받으러 시골에 내려왔다가
잿더미를 보고 말았다
"인수야, 책가방은 멀쩡하네."
불길 속에서도
아버지는 나의 책가방을 먼저 구했던 것이다
동구 밖 버스 정류장으로 가던 나를 부르더니
시꺼멓게 재가 묻은 손길로
하숙비가 담긴 봉투를 건네며
"괜찮다. 아버지가 있잖아."
웃기까지 하셨다

나무 그늘 속에 극락보전이 있다

날이 샜다 하면 싸운다
늙어서도 싸운다
고추를 심다가
밭고랑에서 두 분이 말싸움을 하면
갓난아이에 불과한 고추 모들은
바짝 긴장한다
고추밭에서
토란국이 싱거웠다고 투덜댄다
개에게 왜 쉰밥을 줬냐고 싸운다
꼬리치는 개를 왜 싸리비로 때렸냐고 대든다
그러다가도 나무 그늘에 들면 다정해진다
두 전신全身이 그늘 신방 속에 있다
마치 극락보전이 나무 그늘에 숨어 있는 듯
말싸움을 뚝 그치고 말이 공손해진다
두 분이 새참을 함께 먹으면서
도란도란 얘기를 나누면
겉사람은 어디를 가고 속사람끼리
연둣빛 그늘과 막걸리를 마신다

2

눈이 오는 날은 눈 밖의 소리가 다 보인다

하늘 밭

아버지는 하늘도 밭이라고 한다
수십만 마리 새 떼가 날아올라
날개가 새를 끌어올려 파닥이며
솟구치고 내리꽂히며 서로를 통과하면서
하늘 밭을 간다
밭갈이하는 새 떼를 한참 바라보시던 아버지는
"하늘 밭에 수많은 발자국을 쿡쿡 심었는데
분명 파종을 했는데
왜 새 발자국 싹이 안 트지?
어디에 심었지?"
하늘 밭을 몽땅 갈아엎을 듯이
뚫어져라 바라보시다가
혼자 중얼거린다
"묘유妙有하구나."

풀 냄새

방금 풀을 벤 낫날에
비릿한 초록 풀즙이 흐르고 있다
낫에서 풀 냄새가 흘러내리고 있다
풀에서는 쇠 냄새가 흘러내리고 있다
방금 돋아난 초승달 냄새도 난다
아버지의 온몸에 풀 파편이 묻었다
꽃잎 조각도 더덕더덕 묻었다
마치 위장僞裝을 한 것 같다
아버지는 낫을 들어
초승달에 거는 시늉을 한다

힘겨루기

칠십 대 중반의 노부부가
들깨 모를 심으면서
살벌하게 싸운다
"너무 촘촘히 심으면 지들끼리 부대껴. 더 띄워."
급기야 아버지는 엄마가 심은 깻모를 뽑아 버린다
화딱지가 머리끝까지 치솟은 엄마는
"왜 솎아? 가물어서 타 죽는 모가 지천이야."
핏대를 올리며 바락댄다
십 리 밖에서도 들릴 것처럼
삿대질하면서 두 분이 대판 싸운다
저러다 발병이 아니라 헛바닥에 헛병이 나게 생겼다
박 바가지를 엎어 놓고
박살을 내야 후련할 것만 같다
그러다가 제 풀에 지쳤는지
아니면 말싸움의 흐름이 원래 그런 것인지
꾸지뽕 나무 그늘에
나란히 앉아서
오이를 안주 삼아 막걸리를 드신다

새참을 풀어 놓고
두 분이 서로 술잔을 따라 주면서
크어억~ 트림도 하신다
신방에 든 신랑 신부처럼
도란도란 신성한 이야기를 주고받는다

놀란흙*

흙은 삽날의 감촉을
성기의 감촉으로 생각하는 것 같다
한 삽 두 삽 겉흙을 떠내면
날것의 놀란흙이 품고 있는
애벌레와 개미 알과 씨앗과 돌멩이
땅속으로 뻗은
알 수 없는 구멍들이 드러난다
도랑의 둠벙을 품어 내고
진흙 바닥을 삽질하면
쏟아지는 미꾸라지들
놀란흙 속의
싱싱한 꿈틀거림들
진흙 속의 청정토清淨土
삽날이 놀란다

*한 번 파서 손을 댄 흙. 흙이 놀란다는 것은 흙 속에 생명이 있다는
뜻이다.

소는 혀가 아름답다

외양간 앞에서
엄마와 아빠가 대화를 한다

"소는 눈동자가 예뻐."

"소는 어깨가 멋지지."

"소는 혀가 아름답지."

어미 소가 방금 출산한 송아지를 핥아 주고 있다
귀를 핥고, 엉덩이를 핥고, 항문을 핥아 주고 있다
탯줄과 태반을 질경질경 씹어 먹고 있다

"소가 부처님 닮았지."

살얼음

아버지의 발자국이 가득 찍힌 논바닥에
두께가 있는 듯 없는 듯
얇은 살얼음이 얼었다
지푸라기를 살며시 쥔 살얼음 속에
아버지의 발가락 지문이 비천상飛天像의 옷자락처럼 어
렸다
그런데……, 사실은……
새끼에게 파 먹힌 우렁이 껍질을 닮았다

다림질

아내는 일어나자마자 다림질을 한다
그럴 때마다 나는 긴장한다
내 몸속의 톰슨가젤과 치타가 맹렬하게 달리고
수직 절벽에서 쫓고 쫓기는 산양과 살쾡이가
내 심장에는 가득한데
다림질에 의해 반듯해진 섬유 올
문질러 쫙 펴진 구김살
식초를 한 방울 떨어트려
바지의 접혔던 자국도 없애고
젖은 수건을 대고 뒤집어서 안쪽을 다려서
튀어나온 무릎 자국까지 없애는 아내
아내의 다림질을 바라보면서
나도 옆에서 다림질을 하고 싶은 것인데
바닷속 모래밭에서 하고
얼음이 언 물속에서도 하고
절벽 끝에 매달려서도 하고
북극의 매서운 눈보라 속에서도 옷을 다리고
움직이는 거대한 타워크레인의 끝에 매달려서
다림질을 하고 싶은 것이다

구두

1987년 6월 민주화 항쟁
어쩌다가 운 나쁘게 광화문에서 잡혀가
구류 5일 먹고 구치소를 나설 때
허겁지겁 시골서 올라온
아버지와 엄마는 구두를 신고 계셨다
"이놈의 나라가 아주 잘못됐어."
"나랏님보다는 우리 애가 잘못이지유."
아버지와 엄마는 식당까지 가면서도 계속 싸웠다
두부를 먹을 때도
고개를 숙이고 뒤따라갈 때도
아버지와 엄마의 까만 구두가 자꾸 눈에 밟혔다
애경사처럼 중요한 나들이가 있을 때만 신는 구두였다
"망종에는 부지깽이도 일을 거든다든디."
"소밥은 줬나 모르겠네."
"개밥은 줬겠지유?"
아들 걱정을 하면서도
대화는 소밥 걱정, 개밥 걱정이었다
두 분의 구두에게 너무 미안했다

눈꼽재기창

방바닥에 엎어져서도
마당을 볼 수 있는 눈꼽재기창
깃동잠자리, 가는실잠자리, 된장잠자리가 날고
제비들이 씨잉
날렵한 곡예를 펼치고
뱃속이 투명한 청개구리의 팔딱이는 심장을 살피느라
오늘 저녁도
눈꼽재기창은 삐꼼 바깥을 살핀다
달빛, 별빛이 마당을 적시며 빛난다
절 마당만큼 고요하다
적멸을 본다
적멸보궁 같다
눈꼽보다 작은 정계淨界가 언뜻 보인다

마당 풍경

우리 집은
지하수를 끌어올리는 펌프가
마당 동편에 있었고
담장을 따라서 도랑이 흘렀다
장마철이 되면
마당에는 수십 갈래의 작은 물줄기가 생기고
마당에서 도랑으로 작은 낙차의 여울이 여러 개 생겼다
수십 마리의 미꾸라지들이
성지 순례를 떠나는 사람들처럼
도랑에서 올라와 마당의 물주름치마 속으로 든다
어떤 미꾸라지는
마당의 가는 물줄기를 멋지게 갈아타면서
마당을 마구 쏘다니다가
섬돌 밑의 고무신에 들기도 하였다
눈꼽재기창으로 내다보면
백로가 마당까지 날아왔다
마당은 천의天衣 선율旋律이 흘렀다

눈이 오는 날은 눈 밖의 소리가 다 보인다

하얗게 함박눈이 내리는 마당은
잠실蠶室, 누에방이다.
누에방에선 하루에도 몇 차례씩
눈비가 오는 소리가 들린다
누에가 뽕잎을 먹을 때 내는 소리는
콩밭에 가랑비 내리는 소리
굵은 빗방울이 연잎에 듣는 소리
포목점에서 비단 찢는 소리
녹두알만한 누에똥이 후두기는 소리는
댓잎파리에 싸락눈 뿌리는 소리
섶에 올라 제 입의 명주실을 뽑아
하얀 고치의 적멸보궁을 짓는 소리는
끝없는 정적으로 들어가는 소리
눈이 오는 날은 눈 밖의 소리가 다 보인다

뿌리

"식물은 싹이나 꽃이 먼저 나오는 것 같지만 실은 뿌리부
터 꿈틀거린다."
"매화도, 마늘도, 산수유도 뿌리부터 봄기운을 맡지."
냉이, 씀바귀를 캐느라
꿩 궁둥이처럼 치켜 든 동네 어머니들의 엉덩이가
하신 말씀이다
"뿌리는 정신을 맑게 해."
그게 과학적으로 증명된 말씀인지는 모르겠지만
듣고 있으면
꽃샘추위의 냉기 때문인지
정신이 또렷해지고 맑아지는 느낌이다

엄마는 꽃의 삶을 산다

76세 여자는
일어나자마자
빨간 머리띠와 빨간 스카프 두르고
딸이 사 준 소형 라디오를
꼬부라진 허리의 전대에 차고
밥을 안치고
열무밭의 풀을 뽑고
쪽파를 다듬고
개밥을 주고 개똥을 치웁니다
허리에서는
곤드레만드레
트로트가 흘러나옵니다
"안 오는 건지 못 오는 건지 오지 않을 사람아~"
도라지꽃을 닮은 76세 여자는
꽃무늬 바지를 입고
흥얼흥얼 엉덩이춤을 춥니다
심심산천에 백도라지 한두 뿌리만 캐어도
대광주리에 철철 넘누나 에헤요
꽃의 삶을 생기발랄 살아갑니다

돼지국밥

카뮈여
니체여
원효여
토렴을 한 뜨끈한 돼지국밥을 함께 먹자
땀을 뻘뻘 흘리면서 국물을 들이켜자
엄마가 가마솥에 끓인 돼지국밥을
안 먹으면
철학도 해탈도 뭐도 필요 없노라고
엉뚱한 트집을 잡고 싶지만
그건 안 되겠지?
돼지가 비웃겠지?
내 앞에는
아내와 아들이 있고
빨간 깍두기가 있다
그 자체만으로 뭉클하다

얼큰 멸치 칼국수

뜨개질을 하다가 끓여 먹는 저것
죽어서도 작은 눈을 동그랗게 뜨고 있는 저것
간절한 무엇 때문에 눈을 감지 못하는 저것
포식자 앞에서도 매혹적인 춤을 추던 저것
파도의 거친 물결 자국을 온몸으로 표현하던 저것
작은 가마솥에서 꼬리까지 통째로 우려낸 저것
한파주의보가 내리는 날
눈보라가 마당에 휘몰아치면
다닥다닥 칼질의 파도를 넘어온 저것
겨울이면 이틀에 한 끼는 먹던 저것
김가루, 깨소금, 감자채, 겨울파가 들어간 저것
국물에 깡보리밥을 후루루 말아먹던 저것
가족도 먹고 개도 함께 먹던 저것

생닭장수

긴 쇠갈고리로 휙!
임시 울타리로 닭들을 던지면
용케 바닥에 착지한 닭들은 날개를 푸더덕거리며
꼬끼오 꼬꼬꼬
물똥을 찌익 싸지르며 부리부리 울어 댑니다
힘차게 배설을 할 때 짐승은 싱싱합니다
날개를 터는 저 붉은 목청에게
"수삼 먹고 자란 토종닭입니다. 오천만 국민의 전폭적인
지지를 받는 닭! 국정 농단이 없는 싱싱한 닭 한 마리 만
오천 원! 단백질은 물론, 레티놀, 비타민 A, B1, B2, C, E 그
리고 엽산과 인, 철분, 칼륨, 칼슘을 대량 함유한 토종닭!"
여고 2학년 유진이는 구라를 치며 목청을 높입니다
주말에 영어 학원도 빼먹고
닭장수 노릇을 하고 있는 딸이
안쓰러운 엄마는
당뇨약, 혈압약을 먹습니다
"엄마, 약 맛있나?"
유진이가 엄마에게 지청구를 떱니다

"이년이 에미를 놀리니?"
엄마는 절뚝거리는 딸년에게 말대꾸를 합니다
"오줌 싸것다. 얼릉 갔다 올게."
유진이가 기우뚱기우뚱 화장실로 뛰어갑니다
엄마는 혼자 중얼거립니다
"저년이 닭은 잘 팔아."

3
음악으로 목욕을 한다

함께 잡니다

귓불을 만지면서
눈썹과 입술도 살짝 쓰다듬으며
몇 마디 꿈결에 속삭이며 더듬었지만
움찔거리던 아내가 단잠을 자면
깨우지 않고
살짝 일어나 거실로 나와서
고린도전서 14장을 읽고,
장자 제물론을 읽고
쓸모없음의 세계를 떠돌고
광막한 광야를 터벅터벅 걸으며
어느 때는 허무로부터 벗어나기 위해
5개월이나 부부 관계를 맺지 아니 하였더니
부부 사이에 대화도 끊어지기 시작했습니다
멀어지는 것은 한 순간이구나
이것은 정말 아니구나 싶어
다시 불쏘시개 밑불을 살렸지만
22년을 반야심경의 이불을 함께 덮었고
외도를 벌이지도 않았고

남은 인생도 평생 한 이불을 써야 합니다
맨몸, 손잡고 함께 잠을 잡니다
맨발, 서로 포개며 잠을 잡니다

손길

한 달이 넘도록
아내와 말없이 지낼 수 있다는 것이 신기합니다
대화도 없이 밥은 먹고
구석구석 걸레질은 눈치껏 하고
빨래를 개면서 개콘을 봅니다
커피는 각자 타 먹습니다
성경책을 뒤적입니다
서로의 고유 영역에서 살아갑니다
한 이불을 덮고 자면서도
각자의 잠을 잡니다
식구들이 독감에 걸리고
아들마저 고열로 쓰러져 있을 때
가득 쌓인 설거지를 바라보다가
식탁에 놓은 아내의 약봉지를 보다가
문득 다시 힘이 솟는 묘한 지점이 있습니다
현관의 흩어진 신발을
아내보다 먼저 정리하기 시작합니다
설거지를 하고 싱크대를 깨끗이 닦습니다

아내의 손길이 닿던 곳을 내 손길이 훑어갑니다
이마를 짚어 주던 손길은
아직 내 마음속 깊이 살아 있습니다
마음보다 앞서서 손이 집안일을 찾고 있습니다
아내의 이마를 짚어 줍니다

독감의 유혹

아내가 지독한 독감으로 앓아 누울 때
전복죽을 끓이고
찬 수건으로 펄펄 끓는 이마를 닦아 주고
아내의 발가락을 주물러 주다가
발가락 때문에 나도 모르게 욕정이 발동해서
아내를 겁탈하려고 했습니다
아무리 애무를 해도
아내의 몸은 질척해지지 않았습니다
결국 거사를 성사시키지 못했습니다
한창 나이 30대 초반
열두 바구니에 가득 남은
오병이어五餠二魚의 기적奇蹟만큼
차고 넘치는 성욕의 본능 앞에서
내 젊음은 부끄러웠지만
불덩이가 된 몸으로
아내는 애써 웃으며
나의 손을 꼭 잡고 웃어 주었습니다
아픈 아내의 눈빛은 그윽하였습니다

나는 그 거룩한 순간 예수와 부처를
떠올릴 수도 없었습니다.

예수님이 섹시해 보이네

아내와 나는
서로 허물없이
속옷 차림으로
밥도 먹고 커피를 마시기도 합니다
아내가 수술을 하고 병실에 누워 있을 때
장모님보다는
나에게 소변을 받아 달라고 했던
아내의 작고 은밀한 부탁처럼
봄눈이 녹아
계곡물은 마태복음을 암송했고
대지에 흐르는 물소리는
윤동주의 시를 낭송했습니다.
아내를 부축하며
교회에 가서 예배를 볼 때
"예수님이 섹시해 보이네."
라고 귓속말을 주고받으며
키득거릴 때
원죄의 부끄러움을 뛰어넘었습니다

정신의 혈관보다는
육신의 귓속말이 더 뜨거웠습니다

웃음의 물살

침대에서
서로의 뱃살 주름을 살살 만지고
배꼽 스킨십을 하고
아랫배와 발가락을 서로 비빌 때
아내의 손가락은 민물새우들의 꼬리처럼
파닥이기 시작합니다
온몸 구석구석에서
졸졸졸 버들치들이 헤엄을 치고
키득키득
웃음의 여울이 휘돌아 흐릅니다
오글거리기 시작합니다
살이 맞닿는 곳마다
웃음의 물살이 휘돌았습니다
급기야 웃음보가 터졌습니다
참을 수 없는 말 울음 같은 웃음이
몽골 초원의 야생마처럼
광활한 인생을 횡단합니다

젖꼭지 수업

수업 시간에
모유 얘기를 했습니다
—아내는 젖이 잘 나오지 않았지.
—남편인 나는 아내의 젖을 열심히 주물렀지.
—뜨거운 수건으로 열심히 유방 찜질을 했지.
—아내는 모유 욕심이 아주 강한 여자였지.
—애를 낳은 지 일주일이 지나자
—갑자기 유방 전체가 찌르르르르르르
—유선이 꿈틀거리며
—틀어 놓은 수도꼭지처럼
—하얀 젖이 쏟아지기 시작했지.
—아내는 기쁨의 함성을 지르며 아기에게 젖을 물렸지.
—나는 아기가 하루에 몇 번 젖을 빠는지 세어 보았단다.
—삼천 번 넘게 빨았어.
—그렇게 젖을 빨고 자란 놈이
—지금 너희들과 똑같은 고2란다.
남학생들은 시큰둥합니다
정말 재미없다는 반응입니다
아, 완전히 실패한 수업이 되었습니다

음악으로 알몸 목욕을 합니다

저녁 늦게 집에 와서
허리띠를 풀고 바지를 벗고
겉사람의 팬티까지 벗습니다
노곤함과 예의범절을 홀딱 벗습니다
내 거웃, 젖꼭지, 겨드랑이가
하루 일과에서
벗어나는 모습을
그윽하게 바라봅니다
삽으로 놀란흙을 떠내듯
본향을 향하는 속사람의 생살을 만집니다
착한 강아지를 쓰다듬듯이
나의 갈비뼈를 만지고
달랑거리는 알몸으로
거실과 부엌을 돌아다니며
자메이카 커피를 갈면서
커피 향을 즐깁니다
베토벤 교향곡 4번에서 9번을 들으면서
음악으로 알몸 목욕을 합니다

아랫도리의 무량사無量寺

새벽 벚나무 아래에서 두 번
물안개 자욱한 초평 저수지 낚시 좌대에서 세 번
소나기 쏟아지는 날 지리산 비로봉에서 연달아 두 번
여기저기
섬진강 모래사장에서는
하얀 모래 속에 묘혈처럼 물건을 처박고 서너 번
귀두에 피를 흘리며
격렬하게 용두질을 했습니다
오늘 온 세상을 감출 듯 폭설이 내리고 있습니다
이승이 피안彼岸이 된 듯합니다
장자莊子는 '천하는 천하로 품어야 한다藏天下於天下'고
했습니다
아랫도리가 우주의 신호를 포착한 듯합니다
무량무량 눈이 올 때는
정액을 분사하며 부르르 떨면서
무량사無量寺의 허무에 들고 싶어집니다

팬티 속은 예배당입니다

연애 시절
지금의 아내에게
뜬금없이 팬티를 선물했지요
빨주노초 꽃무늬 세트 팬티
'이런 미친놈이 있나?'
라고 황당해 하면서도
아내는 팬티를 버리지 않고 간직했답니다
결혼 후에 남편인 나는
아내의 팬티 속에서
종종 참회와 수행을 하고 있습니다
아내의 팬티 속 성당에서 만종이 울립니다
꽃무늬 팬티는
무릎 꿇고 기도하는
산속 절벽을 따라 숨어 있는 작은 수도원입니다
묵상과 독경을 하는 곳입니다
지난해 겨울에는
아내의 팬티를 몰래 훔쳐 입고
일주일 동안
술 한 모금조차 먹지도 않는 참된 수행을 했습니다

갯벌의 욕정

먼 눈발과 가까운 눈발 사이
수천 만 개의 눈발이 모두 각자가 배경이 되는
갯벌을 하염없이 바라보다가
문득 유배지라는 단어를 떠올립니다
파닥이는 눈송이들의 울부짖음은
죄인의 고해성사처럼 들립니다
너무 실존적으로 눈발을 해독하는 것 같아서
다시 눈발을 그냥 바라봅니다
엉뚱하게도 욕정이 솟구칩니다
옆에 여자가 있다면 겁탈했을지도 모릅니다
이런 내 육신이 참 불쌍해집니다
다시 진지해져 보자고 마음을 바꿉니다
밀물이 왔다가 떠난 자리에 펑펑
녹슨 배를 치고 사그라지던 자리에 펑펑
녹다가 쌓이다가 녹다가 쌓이다가 스미는
갯벌의 눈발은 너무나 매혹적입니다

찰나의 미학

짧은 교복 치마를 입은 여학생이
선분홍 부처꽃이 잔뜩 핀
탄천 물가에서 돌을 던지며 놀고 있더니
허벅지를 쫙 벌리고
순식간에 셀카를 찍습니다
마치 강낭콩 싹이 틀 때 쌍떡잎이 떡 벌어지듯이
그러더니 곧바로 다리를 새끼처럼 꼬고
다소곳이 앉아서
스마트폰을 만지작거립니다
번갯불에 콩 구워 먹듯
순식간의 일입니다
건너편 물가에 앉아서
멍 때리며 김소월 시집을 낭송하고 있던 나는
찰나에
봉변을 당했습니다
물살 건너편이라 내가 잘못 보았을 겁니다
여고생의 눈동자 속에는
초롱초롱 장난기가 흘러넘칩니다

모래무지가 모래 속으로 숨습니다
천진무구天眞無垢한 물살이 파르르 떱니다
가랑이 속의 철학, 사랑, 꽃, 향기, 아픔, 생명
나는 탄천 물살을 가만 들여다봅니다
선분홍 부처꽃이 어른거립니다

해바라기 사원

시화호 주변
십만 평 해바라기 밭에서
빈터문학회 시인들이 시낭송을 하는데
어떤 여고생이
근처 노란 꽃밭으로
후다닥 야생마처럼 뛰어들었고
10초 동안 남학생의 가슴을 더듬었고 키스를 했습니다
10초 후에 그녀는 번개처럼 달아났고
개심사開心寺의 부도탑처럼
남학생은 그냥 우두커니 서 있었습니다
왜 따라가지 않았을까요
모르긴 몰라도
그렇게 헤어졌고 세월이 까맣게 흘렀겠지요
단지 10초의 공무도하가
영영 10초의 정읍사
영원보다 길었던 아으 동동다리
10초의 얄리얄리 얄라셩
그로부터 짧은 10초의 오백 년이

우주의 흐름으로 시간 여행을 하고 있습니다
개심사의 독경소리처럼
산 너머로 퍼져가면서
찰나가 영겁으로 떠나는 중입니다

스침의 충만

초만원의 지하철에서
옆 사람의 아랫도리에
한 번도 맞닿은 적이 없습니다
예민한 감각의 혈류가 철철 범람하는 몸이지만
몸의 각도를 조절하고
몹쓸 손버릇의 도덕률을
잘 제어하기만 하면
충분히 가능한 일이었습니다
'초라한 선행善行'이라고 할 수도 있습니다
하지만 고백합니다
진천 들판 한복판으로 들어가면
내 몸은 나를 만집니다
세포를 모두 깨우고 뼈를 섞어
달빛을 더듬고
단추를 풀고
바지 지퍼를 내리고
대패질하듯이 마찰을 즐기곤 했습니다
톱밥 가루처럼 쏟아지는

정액과 달빛 부스러기
그것이 내 본질입니다

귀두는 제3의 눈동자입니다

샤워를 할 때
잠을 잘 때
나의 의도와 관계없이 밀려오는
습관이 나를 만지게 합니다
어느 때는 짐짓
슬픈 질감을 지닌 철학자가 되어
부질없음에 대해
늙어감에 대해
몽롱한 독법을 요구하기도 합니다
그러다가도 금세 마음이 바뀌어
맘껏 느껴라
순수 감각의 결정체가 되었으면 합니다
한 자루 초가 되어 심지를 태웠으면 합니다
어느 때는
귀두에 제3의 눈동자가 있어서
저 깊은 근원
생명의 출발점을 현미경처럼 들여다봅니다
어느 때는 발기한 내 물건을 붓 삼아

자취방의 벽면에
낙서를 하기도 합니다

스님! 노여움을 푸세요

떼불이 일렁이는 대청호의 피안
수만 마리의 고기떼들이
슈베르트 〈송어Die Forelle〉 피아노 5중주처럼 솟구쳐
부싯돌을 긋듯 불꽃 스파크가 튑니다
해는 스스로 불 질러 뼈를 태워 버리는데
온 세상은 어둠의 숯 덩어리와 재가 되는데
함께 산책하던
아내의 손아귀가
기습적으로 느닷없이
남편의 아랫도리를 와락 움켜쥐었습니다
놀란 소처럼 눈알을 부릅떴습니다
화들짝 이미 뜨겁게 불기둥이 된 남편입니다
그런데 아내가 불나비처럼 주변을 나풀거리면서
불끈 솟은 남편의 물건을 향해
존댓말을 쓰는 것이었습니다
"불끈 스님! 나무아미타불!"
대청호는 노을 다비茶毘를 거행하고 있습니다
남편은 숯 덩어리가 되어 갔습니다
한 줌의 재, 한 줌의 어둠이 되었습니다

4

성경 구절 같은 칼국수를 먹는다

초짜 선생

스물여덟 살에 첫 수업
여고 2학년 7반 교실이었습니다
"선생님, 안녕하세요!"
선생님이라는 호칭의 놀라운 어색함!
아, 그런데 살랑살랑 청보리밭 냄새
미로틱 페로몬
교탁 주변에 좌악 뿌려 놓고
시치미를 뚝 떼고
깔깔깔 목젖을 폭발시키는 처녀들
어떤 여학생이 가랑이를 벌렸습니다
윽, 악, 안 돼, 안 봤다, 그냥 봤다
이미 살짝 반응이 와 버린 수컷
교탁에 하반신을 좍 밀착했습니다
뒤쪽 벽시계를 응시하면서
"갑자기 시낭송을 하고 싶습니다."
다행히 암송할 수 있는 시가 스무 편이 넘었습니다
'진달래꽃', '제망매가', '정읍사', '청산별곡'
황진이의 시조들까지 쩌렁쩌렁 낭송은 계속되었습니다

내 수컷은 통제 불능이었습니다
교탁에 따개비처럼 쩍 늘어붙어서
혼이 반쯤 나간 초짜 선생
첫 수업을 완전히 망쳤습니다
나는 첫 시간부터 아주 나쁜 선생이었습니다
그로부터 25년이 흐른 어느 날
첫 제자들과 까르르까르르 만났습니다
놀랍게도 그녀는 개척교회 목사님이 되셨습니다
스승을 뛰어넘는 제자가 되었습니다
그녀 앞에서 몹시 부끄러웠습니다
나는 영원히 초짜 나쁜 선생이었습니다

지구의 모텔

"모텔에는 절대 안 가요."
라고 말하던 여자를 사귄 적이 있습니다
그녀의 단호함 때문인지
나이 오십이 넘도록 모텔은 가지 않았습니다
그러니까 나는 헛살았습니다
살아보니
잠깐 왔다 가는 인생입니다
미스 박
미세스 김
나는 아직 모텔에 가 본 적이 없는 멍청한 사내입니다
라일락 필 때
나를 유혹해 주시겠습니까
나의 낡은 옷과 신발과 아내와 나의 몸이
비록 낡은 집에 있더라도
문패가 없는 모텔로
나의 영혼을 유혹해 주시겠습니까

몸, 최고 달아

성남 모란시장
"더덕, 지금이 최고 달아."
"봄똥, 지금이 최고 달아."
칡즙, 간재미회, 꼬막, 도다리쑥국
장사꾼들이
너도 나도 우후죽순으로
"지금이 최고 달아, 고소해."
매서운 한파에
칼바람이 콧등을 후비는데
도대체 단맛은 어디서 솟아나서
온갖 채소와 어류의 몸이
최고 달다고 생난리입니다
그들은 죄다 거짓말쟁이일까요
1월 29일
나의 인생도
지금이 최고 달아!
비경제활동인구에 속하는, 파산의, 마이너스의
고학력 백수인 내 인생에게도
지금이 최고 달다고 외치고 싶습니다!

천 원짜리 식사

콩나물을 담는
까만 비닐봉지를 머리에 푹 뒤집어 쓴 할머니
절뚝거리며
식당으로 쑥 들어오더니
온장고에서 공기밥을 꺼내
난로의 주전자를 가져다가 뜨신 물에 말아 먹습니다
빗물이 묻은 손으로
주머니에서 슬쩍
봄똥 잎 서너 개를 꺼내
우적우적 반찬으로 섞어 먹습니다
식당 주인은 콩나물 국물을 쑥 내밉니다
식당 건너편 모서리
좌판도 없는 노점상에서
야채를 파시는 할머니입니다
찬비가 주룩주룩 오는데
천 원짜리 저녁을 먹습니다
"공기밥이 따스하니 맛있네."
어둠 한 공기를 재게 먹고

할머니는 꼬깃꼬깃 천 원을 내밀며
공짜 커피를 뽑습니다
후루루 뜨거움을 단숨에 목구멍에 붓습니다
뜨거움을 저렇게 잘 드시다니!
모두 합해서 천 원입니다
그 옆 테이블에서
선지 해장국에 빨간 참이슬 한 병을 마시고 있던 나는
뜨거움이 슬프게 느껴져서
고소한 봄똥 잎을 한 입이라도 먹고 싶어져서
목이 메였습니다
우산도 없는데
어쩌자고 찬 겨울비는 철없이 내리는지요

397세의 우정

모란시장 뒷골목의
그늘 속 땅바닥 밥상에
다섯 명의 할머니가 빙 둘러앉아
초석잠 장아찌에
누룽지탕을 드십니다
막걸리 한 병을 따서 나눠 마십니다
콩, 서리태, 귀리, 아주까리씨, 쑥, 씀바귀
땅엣것을 수확해서 파는
뒷골목에 늘어붙은 할머니들
다섯 분 나이를 합치면 397세랍니다
동서지간인 84세와 80세의 늙은 얼굴이
한두 잔에 벌써 취해서
"우리 우정 변치 맙시다."
쭈그렁이 쭈그렁 손을 꼭 잡고
땅바닥에 끈질기게 밀착된 채로
누룽지탕에 막걸리를 드십니다
솥단지 바닥에 늘어붙은 누룽지 같은
검버섯 낀 얼굴끼리 모여서

"우정 변치 맙시다."
벌건 대낮에 따뜻한 건배사를 합니다

노량진역의 폭설

저 세상에서 이 세상으로
폭설이 쏟아져 들어옵니다
비좁은 골목에 다닥다닥 포장마차의 행렬
토스트 800원
햄버거 1,000원
우동 1,500원
오므라이스 2,000원
밥그릇에 사정없이 떨어지는
눈송이들을 허겁지겁 녹여 먹는 취업 준비생들
한국사, 헌법, 영어 공부에 청춘을 건
9급 공무원 수험생들
속성 단기 완성 강좌처럼
금세 한 끼 식사를 해치웁니다
미끄러운 육교를 간신히 건너
학원 건물로 사라집니다
"씨발, 천지 분간은 필요없다."
학원 입구에서
폭설을 뒤집어쓴 어떤 남학생이

하늘을 치어다보며
선언문을 읽듯 소리칩니다
하늘이 펑펑 내려옵니다

각설이의 땀*

각설이 버드리의 브래지어가 흥건합니다
엿가위 춤을 현란하게 추고 장구를 칩니다
허공으로 땀방울이 튀고 날며 방울춤을 춥니다
"거지 년을 구경하기 위해 불원천리 산 넘고 물 건너오
신 여러분은 모두 제 정신이 아니랑게. 모두 복 많을 겨.
우리 거지들이 세상 천시와 멸시 다 얻어먹으며 개지랄
떨면, 우리 같은 비렁뱅이 인생의 광대짓을 구경하면서
관객분들은 웃음을 찾는단 말여. 그게 우리네 거지들의
본분인 것이여. 알겠능가?"
육두문자와 존댓말이 마구 뒤섞입니다
혓바닥이 화농化膿처럼 녹아내릴 것만 같습니다
더욱 강해지는 비트와 빨라진 템포
국지성 소용돌이가 명치에서 회오리칩니다
구경꾼들을 위해 재롱과 익살을 부립니다
"돈이 없으신 분들은 박수를 크게 쳐주시면 돼. 돈과 박수
의 무게는 똑같은 겨. 잘 사는 년이나 못 사는 년이나 오십
보백보여. 삶의 무게는 몇 그램 차이 안 나닝께. 알겄지라?"
거지가 못하는 말이 없습니다

버드리의 브래지어가 땀으로 범벅이 되었습니다
팬티도 흥건합니다

*⟨버드리 품바⟩ 공연 모습을 보고 쓴 시다.

취미 여덟 가지

팔당역에서 운길산역까지 걷는데
거짓말을 한 움큼 보태서
1만 명의 자전거가 나를 앞질렀다
국제결혼을 한 베트남 여자를 만났다
"오빠, 이 시 너무 짱이에요."
다산 정약용이 유배지에서 쓴
취미 여덟 가지라는 한시였다
나는 놀랍고 뿌듯하고 뜻밖이어서
그들 부부에게 막걸리를 따라주었다
두물머리의 아름다운 합수合水 봉합선을 따라
자전거 바퀴에 삶을 싣고
베트남 부부는 씽씽 달렸다
길가 패랭이꽃에서 맑은 물소리가 들렸다
베트남 말도 들려오는 듯했다
구절초의 만다라
쑥부쟁이의 아제 아제 바라아제
다산의 꽃그림자 놀이
베트남 여인의 꽃무릇 웃음

벌개미취의 관세음보살이
자전거길을 씽씽 달렸다

성경 구절 같은 칼국수를 먹는다

비 오는 아침에 칼국수가 생각나서
대파를 사각사각 썬다
칼질과 칼질 사이로
가는 빗줄기도 얇게 썰린다
목구멍으로 후루루 넘어가는 얼큰함
뻐근한 가슴뼈가 살살 풀어지고
땀구멍이 사르르 열리는 아침
국수는 더욱 뜨겁고 서러운 음식이 되어
넋을 놓고 빗소리를 듣고 있다
전도서 1장 1절부터 14절처럼 비는 내리고
헛되고 헛되며 헛되고 헛되니 모든 것이 헛되도다
해 아래에서 수고하는 모든 수고가 사람에게 무엇이 유
익한가
한 세대는 가고 한 세대는 오되 땅은 영원히 있도다
모든 만물이 피곤하다는 것을 사람이 말로 다 말할 수
는 없나니 눈은 보아도 족함이 없고 귀는 들어도 가득 차
지 아니하도다
전도서 1장 1절부터 14절처럼 비는 내리고

성경 구절 같은 칼국수를 먹는다
더욱 뜨겁고 서러운 음식이
목구멍을 넘어간다

바다가 정말 싫다

바닷가에 와서
멍 때리고 있어도
나를 안아 주고
술에 취해 고성방가를 하고
사랑하는 사람을 저주하며 돌을 던져도
바다는 모르는 척 나를 좋아한다
마구 욕을 퍼붓다가
픽 쓰러져
아무것도 하지 않아도
무심한 척 나를 받아 준다
'살다 보면 길은 수없이 잃는 거여.'
'목적이 있으면 더 길을 잃는 거여.'
철썩이는 이런 속삭임도 있다
위안이 되기도 하지만
순간적으로 화가 치밀어서
내가 홀딱 벗고 미친 짓을 해도
바다는 나를 좋아한다
그런 바다가 정말 싫다

갯벌에 합장을 하였다

탐진강 갯벌에
수백만 개의 구멍들······
조개 구멍, 짱뚱어 구멍, 게 구멍, 낙지 구멍
횡경막, 작은가슴근, 쇄골하근, 복사근, 항문올림근, 배
세모근······
숨을 쉴 때마다 자명하게 움직이는 갯벌의 근육들
농게네 집, 칠게네 집, 갯지렁이네 집
음경해면체, 음핵 치골, 질 근육······
갯벌은 온통 구멍의 천체입니다
갑자기 생뚱맞게 내 머릿속에는
적멸보궁이라는 단어가 떠올랐습니다
적멸보궁寂滅寶宮은 어떤 구멍일까
보궁寶宮은 어떤 생멸의 숨구멍일까
뜬금없이
적멸보궁이라는 단어가 떠올라서
갯벌의 숨구멍을 향해
아제 아제 바라아제 바라승 아제 모지 사바하
나도 모르게 합장을 하였습니다

코스모스의 중심

동네 어귀를 따라 마을길에
도열한 꽃밭
거센 장대비
휩쓸고 지나간 코스모스 꽃밭은
꺾인 놈
쓰러진 놈
실신을 하였습니다
그런데 여러 마디가 꺾인 어떤 코스모스 줄기가
꺾이고 쓰러진 자세로
어긋남의 모가지를 틀어
눈조리개를 밝히고
하늘을 바라보고 있었습니다
다른 코스모스들도
팔다리가 부러졌지만
꽃잎으로 땅을 가까스로 디디며
몸을 틀어
하늘을 향해 중심을 잡고 있었습니다

우리 가족은 미쳤습니다

아내와 아들 앞에서
남편이 걸그룹의 춤을 춥니다
에이핑크, 노노노nonono, 원더걸스, 텔미tell me
나이 오십이 넘었지만
걸그룹의 춤을 흉내냅니다
"주책바가지!"
"아버지, 추해. 제발 그만 해!"
아내와 아들이 절규하며 온갖 핀잔을 주지만
나는 엉덩이를 흔들어hip hopping!
껄렁한 옷차림과 삐딱한 모자와 불량스러운 말투
팬티 바람으로 추기도 합니다
지금은 여름 휴가
여기는 묵호항 모래사장입니다
가슴 밑바닥에서 끓어오르는 멜리스마 파두
소렌토의 칸쵸네 칸쵸 칸쵸
고딩 아들과 아빠와 아내가
동해 바다를 향해
실성을 한 듯 광란의 춤을 춥니다
우리 가족은 미쳤습니다

옆구리

활활 타오르는
모닥불이 되기 전에
나무토막은
장작으로 사용되기 위해
적막의 자세로
담벼락에 기대어
쌓여 있다
비를 맞은
어떤 나무토막이
잘린 부위에
새순을 틔웠다
톱날에 댕강 잘린
생나무토막이
용맹정진의 자세로
옆구리를 찢어
새순을 틔웠다
아뿔사!

노을과 초승달

제부도에 와서 노을을 본다
아무리 고상하고 아름다운
것조차도
때가 되면
고름과 진물이 뚝뚝 떨어지고
구더기가 끓고
악취를 풍기고
청파리들이 우굴거린다
하지만 그 너머에
생명 옷을 짜는 분홍 실 꾸러미
새롭게 물드는 빨간 노을이 있고
눈물겹도록 황홀한
노을 꽃무릇 너머에
생명 옷을 짜는 여인이 있다
초승달이 뜨고 진다
달빛 실 꾸러미를 풀고 있다

흙덩어리

시골 섬돌에 진흙 두 덩어리가 있었다
멀리서 보면 흡사 쇠똥이었다
칠칠맞고 후질르기 좋아하는 아버지는
흙투성이 옷을 입은 채 오수午睡에 빠져 있었다
그럴 줄 알고 새 운동화와 크록스를 사왔다
새 신발은 한나절도 못가서 진흙투성이가 되겠지
아버지는 어린 나에게 신발 '리履'자를 가르쳐 주셨다
신을 신고 걸어온 발자취가 '이력履歷'이라는 것도
신발과 동음이의어인 '신발의新發意'는
보리심菩提心을 처음 일으킨다는 의미의 한자어라는 것도
　노인이 돌아가시기 전에는 신발부터 어지러워진다는
것도
　섬돌 위에 신발을 가지런히 놓아야 기품 있는 집안이라
는 것도
　아버지의 고상한 가르침이었지만
　정작 천방지축 당신의 신발은
　고삐 풀린 송아지가 섬돌에 싸지른 똥덩어리 같았다

장천하어천하藏天下於天下의
카니발을 꿈꾸는 아비들의 연대기

기혁(시인·문학평론가)

장천하어천하藏天下於天下의
카니발을 꿈꾸는 아비들의 연대기

기혁(시인·문학평론가)

어떤 시에는, '평자의 해석이나 미학적 견해가 크게 요구되지 않는다'는 표현이 따라 붙는다. 그것이 감탄사로써 동원될 때, 우리는 내용과 형식의 변증법적 종합을 이룬 작품을 떠올려 볼 수 있겠지만, 대개의 경우 일상적 언어의 사용, 형식 실험의 지양, 개별성이 아닌 보편성에 기반을 둔 내용 등 소위 '(전통) 서정시'의 시적 자질을 부각시키는 레토릭으로써 호출되곤 한다. 그러한 레토릭이 붙은 시편들은 대체로 '동일성同一性의 시학'에 근거하고 있는데, 여기서 '동일성'이란 근대 이후 세계와의 갈등과 소외를 경험한 현대인들이, 변하지 않는 것과의 일체감을 지향함으로써 근대의 불안과 피로를 극복하기 위한 실존적 대응이라고 정리할 수 있다. 따라서 갈등과 소외의 과정을 간과하고 결과에 주목하게 될 때, 우리는 '서정적 화해'의 몸짓을 예단하는 것이다.

균열된 현대 사회에서 '1인칭'으로 전유되고 향유되는 그러한 동일성의 세계는 갈등이 사라진 '유토피아'로써 정신적 영역에서의 위안을 선사할지도 모른다. 그러나 그와 동시에 우리를 육박해 오는 것은, 이미 그것이 '세상에 없는 장소'라는 현실 인식과, 레토릭만으로 해명되지 않는 서정적 화해의 당위성일 것이다. 변하지 않는 것과의 일체감은 문학을 통해 추구되는 '가상'일 뿐이지만, 종종 시인의 경험적 세계를 작품과 밀착시킴으로써, '평자의 해석이나 미학적 견해'가 개입하기 어려운 세계(삶)의 일부분으로 다루어진다.

장인수의 시편들을 살펴보기에 앞서, 동일성의 시학을 새삼 떠올려 보는 이유는 첫 시집 『유리창』(문학세계사, 2006), 두 번째 시집 『온순한 뿔』(황금알, 2009), 그리고 이번 세 번째 시집 『적멸에 앉다』에 이르기까지, 앞서 언급한 레토릭이 과하지 않을 만큼 일관된 시적 지향이 드러나기 때문이다. 꾸밈없는 언어들과 일상적인 경험들, 일원론적 자연관, 고향을 배경으로 한 가족 서사 등은 장인수의 시집 전편에서 어렵지 않게 발견할 수 있는 특징들이고, 이는 곧 균열된 세계와 갈등하기보다 자아와 세계의 일치점을 모색해 왔다는 것을 의미한다.

자전거에/ 막걸리 한 병/ 비닐 포대 두 개/ 낫 한 자루/ 된장 한 식기/ 꼭꼭 동여매고/ 밭에 가서/ 고추, 고구마, 열무, 참깨랑 어울리다가/ 출출함이 찾아오면/ 밭가 그늘의 적멸에 털푸덕 앉아서/ 막걸리를 몇 잔 마시는 거라/ 알타리 무를 쑥 뽑아/ 낫으

로 껍질을 설겅설겅 친 후/ 낫맛과 무맛 깨물어 먹는 거라/ 나무
그늘의 품은 잠시나마/ 별서別墅이며/ 적멸보궁인 거라

—「적멸에 앉다」 전문

표제시격인 「적멸에 앉다」에서 드러나다시피, 근대화
이후 사라져 가는 농촌의 풍경은 '지금, 여기'의 삶에서 떨
어져 있지만, 바로 그러한 이유로 변하지 않는 일체감의
대상이 된다. "적멸"의 순간을 기다리는 위태로운 풍경은
시인에 의해 죽음이 아닌 (도시의) 삶을 유지시키기 위한
동력으로 전환되고, 나아가 근대의 균열을 극복하기 위한
믿음의 장소, 즉 부처님의 진신 사리를 모신 "적멸보궁"과
같이 실재하는 세계의 일부분으로 현현epiphany하는 것이
다. "자전거", "막걸리", "비닐 포대", "낫", "된장", "고추", "고
구마", "열무", "참깨" 등의 시어들은 낯익은 농촌의 풍경을
묘사하기 위해 상투적으로 동원된 것에 불과하지만, 일체
감에 대한 "출출함이 찾아오"는 순간, 비로소 욕망의 대상
이 되어 시적 긴장감을 형성한다.

그런데 이러한 욕망은 현대인이 겪는 정신적 영역과, 우
리의 몸에 깃든 본능적 영역에 모두 해당되는 것이다. "출
출함"이란 눈앞에 펼쳐진(그렇게 바라는) 이미지와 육체의
반응이 동시에 작용한 결과이므로, 시인의 의도가 단순히
향수를 자극하거나, 소재주의적인 측면에 국한된 것으로
단정해선 안 된다. 근대적 생산품인 "자전거", "막걸리", "비

닐 포대", "낫" 등은 "출출함"을 통해서 "된장", "고추", "고구마", "열무", "참깨" 등의 재래적인 대상들과 "밭 가 그늘의 적멸"에서 근대와 전근대의 이분법적 경계를 허물어뜨린다. 작품 내에서 "출출함"이 찾아올 때마다 경계를 허무는 것이 '농사'라면, 그러한 농사는 또 다른 "출출한" 주체들에게 먹일 생산물들을 만드는 행위, 도시인에게도 "밥을 위해서 존재하는 간절한 주문呪文"처럼 변하지 않는 것과의 일체감(동일성)을 전파하고 재생산하는, 실존적 운동이라고 할 수 있다.

이러한 관점에서, 시인이 제시하는 시적 상황은 '서정적 화해'에 대한 가상을 실존적 운동으로 전환하고 가시화하는 데 초점이 있다고 하겠다. 동일성의 시학으로부터 비롯된 서정적 화해(가상)의 가능성이 실존적 운동으로 가시화될 때, 우리는 균열된 세계와의 갈등을 숙명처럼 받아들이는 대신, 실재적인 힘을 통해서 확보되는 가능성이라는 사실을 인지할 수 있다. 시인의 말에서 분명히 밝히고 있듯이, 중요한 것은 "고추를 딸 때 밭고랑에 쭈그리고 앉아서 보면 고추가 부처님으로 보"인다는 사후적인 결과가 아니라, "사람은 늘 자신의 고정된 눈높이가 있"다는 자명한 사실로부터 "나의 눈높이보다는 상대방의 높이에 내 눈썹을 맞추면 순식간에 새 세상이 보인다"는 사실을 인지한 자의 '운동(위치) 에너지'이다.

아버지는 염소를 천 마리 쯤 키우고 있는데/ 수백 마리는 마천령산맥 구름 바위에서 살고/ 수백 마리는 천산산맥의 풀을 뜯으며 살고 있습니다/ (…중략…)/ 염소들은 하루에 한 번은 말뚝에게 다가가/ 뿔과 목덜미를 비비고/ 등과 엉덩이를 박박 문댑니다/ 온 천지가 다 가렵다가도/ 말뚝에 비비고 나면 후련합니다/ 뿔과 털에서 떨어져 나온 각질과 먼지가 휘날립니다/염소도 시원함을 느끼지만/ 오히려 말뚝이 더 큰 쾌감을 느낍니다/ 아버지도 염소처럼 자신의 등을/ 말뚝에 비빕니다/ 그러면 말뚝이 탄성을 지릅니다   ―「아버지의 등」부분

그럼에도 한 가지 문제를 지적하자면, '1인칭'으로 전유되는 동일성의 세계는 사후적 결과로서 존재할 수밖에 없고, 전사前事를 이루는 '운동 에너지' 역시 그것이 존재한다고 믿는 자의 신념, 즉 정신적 영역에 기댈 수밖에 없다는 사실이다.

인용한 시편에서처럼 자연물인 "염소"와 그를 억압하는 인위적인 "말뚝"이 서로 "쾌감"을 공유하는 사태가 도래한다 하더라도, 그것만으로 (일체감에 대한) '가려움'이 가시적인 운동으로 현현한다고 장담할 수는 없기 때문이다. 다시 말해, '서정적 화해'를 예단하는 자의 시선과 그렇지 않은 자의 시선을 명확하게 구분해 줄 '무엇'은 상대적일 수밖에 없다. 더구나 그러한 서정시의 문제는 '지금, 여기'의 특정 시인에게만 국한된 것이 아니라, 시인의 현실 인식과

작품 사이의 영향 관계를 둘러싼 근대와 탈(반)근대에 대한 논의로 확장되어, 70·80년대 문학사에서 논쟁적으로 다루어진 바 있는 '진형행'의 문제이기도 하다.

이 지면에서 그러한 문제를 다룰 이유나 필요는 없을 것이다. 다만 당시 논의 중 하나를 언급함으로써, 이번 시집에서 장인수가 취하고 있는 몇 가지 차별적인 시적 대응들을 언급할 수는 있을 것이다.

서정시에 대한 대다수의 신비평가들의 지나친 집착과 그 탐미주의적 성향을 비판하고 난 뒤에도, "우리가 시를 고려할 때는 그것을 일차적으로 시로써 고려해야지 다른 어떤 것으로 고려해서는 안 된다"는 엘리어트의 명제는 그대로 남는다. 적어도 이는 문학 작품이 문학 작품으로써 현실에 미치는 능동적 작용을 중시하는 리얼리즘론에서는 포기할 수 없는 명제로 남는다. 그리고 이를 부인하는 구조주의는 신비평 중에서도, "책이란 생각하는 데 쓰이는 기계이다"라는 명제를 들고 나온 리처즈의 입장을 계승한 것이며, 주관주의·신비주의와 과학주의가 얼마나 불가분의 것인지를 다시 한 번 입증해 주고 있다.

인용한 백낙청의 글에서 보듯이, "시를 고려할 때는 그것을 일차적으로 시로서" 보아야 한다는 "엘리어트의 명제"와, "책이란 생각하는 데 쓰이는 기계"라는 "리처즈의 입장"을 종합하게 되면 사후적인 탈근대는 앞선 두 대립을 모두 부정하는 것이 아니라, 리얼리즘과 모더니즘, 그리고 포스트모더니즘이 서로 "불가분"의 관계를 형성하고 있음을 주장할 수 있다.

그런데 백낙청의 이러한 주장은 '서정시'가 '화자'의 입장뿐 아니라 '청자'의 입장 역시 고려해야 한다는 것을 전제한다. 왜냐하면 균열된 세계를 '1인칭'으로 전유하는 서정시(화자)의 정신적인 측면은, 이미 '쓰인 시'와 '읽는 시'를 모두 염두에 두어야 했던 것이고, 그러한 결과물은 한 권의 시집인 "생각하는 데 쓰이는 기계"로서만 존속해 왔기 때문이다. 최소한 백낙청의 주장을 따른다면, '1인칭'으로 전유되는 동일성의 세계는 현실을 초월한 절대적인 영역, 정신적인 영역이라기보다, 이미 현실(독자)의 자리를 염두에 둔 열린 차원에서의 '1인칭'으로 보아야 타당하다.

그렇다면 '아버지 연작'이라고 불러도 무방할 만큼 아버지에 대한 연민이 가득한 이번 시집에서, 의도적으로 끌어들이고 있는 가족 서사와 일상적 사건들, 주요 인물들에 대한 직·간접 인용 등은 절대적인 '1인칭'의 전유를 극복하기 위한 나름의 '시적 전략'이라고 판단할 수 있다. 시집 전편에 걸쳐 수사적인 표현을 지양하고 '이야기 시', 혹은 '사사시적 구성'을 취하고 있다는 사실은, '서술자'의 입장에서 그간 보이지 않던 '서정적 화해'의 '운동 에너지'를 가시화하려는 의지를 드러낸다.

아버지가 내 운동복을 입고 논배미에서 일을 하는데/ 오토바이를 타고 들녘을 어슬렁거리던 윤기선이가/ "야 인수야! 이놈아, 너 언제 내려왔냐?"/ 라고 큰소리로 반갑게 인사하더라는 것이다./ "어, 저는 인순지 알었어유. 인수하고 똑같네유."/ 아버지는 윤기선이를 불러다가/ 느티나무 아래에서 막걸리를 주거니 받거니..../ "아브지, 제가 아브지께 이눔이라고 욕했잖아유. 뭐, 이왕 이렇게 된 거 우리 친구해유." /"그려! 아주 잘됐네. 반갑다 친구야."/ 박장대소로 아버지도 흔쾌히 수락을 했던 것이었다./ 나는 아버지 친구 분들을 잘 모르는데/ 아버지는 내 친구들의 근황을 나보다도 더 잘 알고 계시다.

—「친구」 부분

가령 "아버지"에게 "욕"을 한 "친구 윤기선"의 이야기는 '1인칭'의 전유와 세계와의 갈등이 얼마나 밀접하게 관련되어 있는지 잘 포착해 내고 있다. 동일성의 세계에서 '부모에게 욕을 한 자'는 갈등의 요소가 될 수밖에 없을 것이다. 더구나 "친구 윤기선"이 시적 화자로 오인해 "이놈"이라고 한 것도 모자라 "아버지"에게 "친구"를 제안하는 행동은, "아버지"의 수락 여부와 관계없이 용납하기 어려운 사건이다. '1인칭'의 화자가 전유해야 할 현실의 사건(갈등)이 보편적인 윤리의 문제에 봉착하게 될 때, 화해의 몸짓은 당위성을 확보하기 어렵게 된다. '서정적 화해'에 대한 근거 없는 예감이 문제되는 지점이 바로 여기에 있다. 그러한 경우 '1인칭'

의 서정적 자아는 "친구"와 "아버지"의 갈등을 오직 스스로의 감정과 목소리만으로 재현해야 하고, 불가능한 화해의 가능성 역시 자신과 독자에게 끊임없이 강박해야 하기 때문이다.

이러한 문제를 인식할 때, 장인수의 시적 전략이 탁월한 부분은 '1인칭 주인공'이 아닌 '1인칭 관찰자'의 입장을 개입시키고 있다는 점이다. 시집 곳곳에서 시인은 직·간접 화법과 관찰자의 시점 등을 능수능란하게 사용함으로써, 갈등의 대상이 되는 주체들을 온전히 보존하고자 한다. "아버지(의) 친구 분들을 잘 모르는" 것이 문제가 되지 않을 만큼 소통이 부재한 현대의 삶 속에서, "아버지는(가) 내 친구들의 근황을 나보다도 더 잘 알고 계시"는 상황은 보편적인 윤리에 대한 시적 화자의 답변을 지연시킴으로써 얻어 낸 부조리한 상황이다. 하지만 바로 그 보편적 윤리에 의해 새로운 일체감의 세계가 도래하는 것이다.

아버지가 건강한 감자밭이라면/ 아버지의 푸른 팔뚝에서/ 사마귀가 사마귀를/ 잎사귀처럼 뜯어먹을 것이다/ 아버지가 건강한 풀밭이라면/ 아버지를 뜯어먹는 것들과의/ 야생의 동거는/ 조용한 날이 없을 게다

—「아버지 밭」부분

그럴 때 아버지의 눈은/ 맑은 시냇물 속의 붕어의 눈을 닮았

고/ 외양간의 소 눈을 닮았고/ 부처님의 해탈한 눈을 닮았고/ 강낭콩과 보름달을 닮았다/ 들판에 서서/ 들판을 바라볼 때/ 노동과 고달픔으로 가득 찬/ 농사꾼의 눈동자는/ 자유롭고 경이로운 빛으로 가득 차 있었다

ㅡ「아버지의 눈」부분

그러한 세계에서 서정적 화해는 우리의 삶 속에서 지향하고 유지해야 하는 것, 언제든 실패할 수 있는 자아와 세계의 일치점들이 아슬아슬하게 연속되는 궤적일 따름이다. 시인에게 중요한 것은 "아버지가 건강한 감자밭"이라는 절대적인 동일성에 대한 강박이 아니다. 그보다는 "아버지를 뜯어먹는 것들과의/ 야생의 동거"가 만들어 가게 될 불안전성과 운동성으로부터 비로소 가시화되는 갈등들, "조용한 날이 없을" 우리의 현실인 것이다. 시인에게 "아버지"는 정신분석학에서의 초자아도, 근대적 권력의 상징인 팔루스도, 조상신의 화신처럼 신격화 된 대상도 모두 가능하겠지만, 어느 한편에 온전히 들어맞지는 않는다. 결국 "붕어"도 "소"도 "부처님"도 "강낭콩"과 "보름달"도 모두 "닮았"다는 바로 그 이유로 "노동과 고달픔으로 가득 찬/ 농사꾼"의 모습까지도 닮아야 하는 규정되지 않는 대상이 된다.

물론 이번 시집에서 제시되고 있는 아버지상을 우리 문학사에 부재했던 새로운 모델이라고 확언할 수는 없을 것이다. 다만 이전의 '유형'들과 비교해 본다면 그 변별성을

가늠해 볼 수 있다. 70년대와 80년대를 지나 90년대에 이르기까지 무수한 폭군, 노름꾼, 알코올 중독자, 난봉꾼, 막노동꾼, 실패한 혁명가(지식인) 등으로 표상되는 문학 속 아버지들은 스스로의 부재를 은폐하기 위해 끊임없는 방황의 길로 들어서서 체제의 언저리를 배회해 왔다. 초자아 이기를 포기하고 도덕적 규범과 법의 경계를 넘나들며 존재를 인정받고자 했던 그들의 행동과 내면 사이에는 언제나 깊은 골이 패여 있었고, 그러한 애증적인 골의 이름을 '부성父性'이라고 부를 수 있다면, 최소한 2000년대 이전까지 '부성'은 체제의 문제, 경제의 문제와 따로 떼어놓고 생각하기 어려웠던 것이다.

비록 2000년에 들어 조창인의 소설『가시고기』(2000)가 표상하고 있는 '희생하는 아버지상'이 등장하고, 김애란의 「달려라 아비」(2005)을 통해 '야광 반바지'를 입고 '선글라스'를 쓴 채, 버림받은 주인공의 관념 속을 내달리는 전례 없는 아버지상이 제시되기는 했으나, 아버지에 대한 작품이나 논의들이 그 이상 확장되지는 않았던 것 같다. 장인수가 등단하고 활동했던 2000년대 초·중반의 시단의 경우, 여전히 소외된 주체로서 '아버지'를 답습하는 경향이 두드러졌는데, 종래의 남근적 권위가 사라진 시대의 시인들은 "씨벌 아비야 우리는 슬픈 귀두인 게지 죽은 귀두를 건드리면 뭐하니?"(김경주, 「아버지의 귀두」,『나는 이 세상에 없는 계절이다』, 2006)라고 되묻거나, "한때는 산업 전사라 불렀고 또 한때는 폭도라 불렸던' 우리들의 아버지"(안현미, 「고생대 마을」, 『곰곰』, 2006)를 호명하고 추억할 따름이었다. 이러한 대상들과의 화해는 현실에서 온전히 이루어질 수 없는 것이었으므로, 결국 "내가 마음껏 먹을 수 있게 나를 구워 준 나의 오븐이자 빵이며 우물거리는 입"(김민정, 「시집을 펴내며」, 『날으는 고슴도치 아가씨』, 2005)을 통해서 기괴한 형태의 가상적 화해가 시도되곤 했다.

따라서 관찰자적 시점을 통해 윤리적 판단을 유보한 채, 기존의 보편성을 넘나드는 새로운 윤리적 영역을 확대해 나가는 독특한 방식은, 시적 완성도와는 별개로 2000년대 이후 '젊은 시인'들은 물론 그간의 '(전통) 서정시'가 추구해 온 동일성의 시학과도 다른 방향으로 전개되는 시적 상황인 것만은 분명해 보인다. 불이 난 집에서 "시꺼멓게 재가 묻은 손길로/ 하숙비가 담긴 봉투를 건네며/ '괜찮다. 아버지가 있잖아.'/ 웃기까지"(「책가방은 멀쩡하네」) 한 순간의 애틋한 부성애와, 6월 항쟁에 참여했다가 붙들려 간 구치소에서 "아들 걱정을 하면서도 대화는 소밥 걱정, 개밥 걱정이"(「구두」) 주를 이루는 뜬금없는 자화상의 공존은, 어쩌면 시인이 인식하는 "아버지"가 서정적 화해의 대상이 될 수 없음을 지시하는 것인지도 모른다.

서로 다른 재료들을 너무 삶아 "자줏빛 곤죽이 되"(「가지 비빔밥」)어 버린 아버지의 조리법이 마침내 허기를 잊게 하고 막걸리의 취기를 부르는 것처럼, 시인에게 아버지의 정신과 육체는 권력과 권위와 그러한 사회 구조를 떠받치고 있는 기존의 윤리(금기)마저 무화시키는 카니발의 장소로써 인식된다. 그것은 곧 누군가의 희생을 강요하지 않고서도, 현실의 일탈(불온성)을 놀이와 웃음의 차원으로 끌어올릴 수 있는 동인으로써 포착되는 아버지상이다. 그리고 그러한 축제의 정점에서 우리는 가부장적 사회를 지탱시켜 온 '남성의 몸'까지도 되짚어 볼 수 있다.

헐렁한 반바지 틈으로/ 돼지감자 같은 불알 두 쪽이 보이고/ 쩍쩍 갈라진 발등의/ 갈라진 틈으로 논흙이 잔뜩 끼어 있습니다/ 물을 뿌려 촉촉하게 하면/ 발등에서 새싹이 파릇파릇 돋아날 것만 같습니다/ 울긋불긋 하지정맥류의 다리 핏줄은/ 소나무 구근을 닮았습니다/ 드르렁드르렁/ 낮잠에 빠져 든 고된 발바닥을/ 주물러 드리고 싶지만/ 차마 쑥스러워서/ 그저 고들빼기를 안주 삼아/ 나머지 소주 한 병을/ 혼자서 조용히 비웁니다/ 나도 아버지 옆에 가만히 눕습니다

　　　　　　　　　　　　　　　　—「아버지 옆에 가만히 눕다」부분

시인은 잠든 "아버지"의 "돼지감자 같은 불알 두 쪽"에서 시작해, 하체 곳곳을 식물에 비유함으로써, 부성에 대한 애틋함을 드러낸다. 비록 고된 노동에 지친 늙은 몸이지만, 시적 화자에게 그러한 몸은 정열 넘치던 과거를 떠올리게 하는 한편, 여전히 "물을 뿌려 촉촉하게 하면/ 발등

에서 새싹이 파릇파릇 돋아날 것" 같은 생명력을 잠재하는 장소인 셈이다.

그러한 애틋함의 이면에는 세상과 마찰하며 살아온 가부장적 주체의 몸에 대한 향수와 경의가 짙게 배어 있는데, 자칫 불경함으로 비춰질 수 있는 "아버지"의 "불알 두쪽"을 경건함의 대상으로 끌어올리는 시적 화자의 태도에서, 우리는 "아버지"의 육체를 '완전한 것'으로 전유하는 낯익은 서정적 문법을 읽을 수 있다. 가부장적인 남성의 육체가 완전한 것으로 인식되고 '유희'와 '탐구'의 대상에서 배제된 데에는 여러 요인이 있겠지만, 피터 부룩스의 말을 빌리자면 "그것이 모든 것의 기준이 된다는 그 사실 때문에 결코 탐구의 대상이 되지 않"기 때문일 것이다. 즉 식물로서 은유된 육체는 (더 이상의 은유가 불가능한) 유일한 '일자'(기준)로서 동일성의 세계에 편입되지만, 바로 그 편입의 순간 '지금, 여기'에 실재하는 "아버지"의 육체 역시 우리의 시선에서 사라진다.

그런데 "고된 발바닥을/ 주물러 드리고 싶지만/ 차마 쑥스러워서" 다가서지 못하는 시적 화자의 마지막 태도에서 우리는 두 가지 상이한 결론을 가정할 수 있다. 하나는 기존의 윤리에 따라 감히 범접할 수 없는 숭고한 대상으로서 "아버지"를 규정하는 경우이고, 다른 하나는 가부장적 육체에 부여된 기존의 윤리를 자각한 이후, 그것을 초월하려는 시적 화자의 반응으로 보는 경우이다. 전자의 해석대로라면 기존의 서정시가 그러하듯 정신적 차원의 위안을 지향하는 태도로 읽힐 수 있다. 반면 후자의 경우에는 동일성의 세계에 대한 회의와 '서정적 화해'의 불가능성 등 정반대의 상황과 마주하게 된다.

관찰자적 시점을 유지하면서 직접적으로 대상을 전유하지 않는 장인수 특유의 화법은 특정 해석의 프레임 자체를 봉쇄하고 있지만, 그럼에도 "소주 한 병을/ 혼자서 조용히 비"우고 "아버지 옆에 가만히 눕"는 시적 화자의 행동을 통해 우리는 서정적 화해(동일성)의 판단을 유보하고, "아버지"에 대한 기존의 윤리적 가치를 재고하려는 최소한의 의지를 읽어 볼 수 있다. 카니발의 장소로써 "아버지"를 인식하려는 시적 화자의 내면과, 그것을 허락하지 않는 현실 사이에서 시인은 노곤하게 취해 "아버지"와 같은 자세로 잠드는 일 외에 달리 할 것이 없었을 것이다.

물론 그러한 태도를 현실 도피적으로 읽을 수도 있다. 하지만 그것은 도피할 수 있는 성질의 것도 아닐 뿐더러, 궁극적으로 도래하게 될 장소가 균열된 세계든, 동일성의 세계든 '죽음'을 향해 흘러간다는 진리에는 아무런 변화가 없다. 판단의 지연은 동일한 시간 속에서 화해의 가상을 영원성으로 확장하려는 그 가능성을 연장하는 것이지, (죽음 이전의) 시간의 총량이 증가하는 것은 아니기 때문이다. 중요한 것은 '서정적 화해'의 '불가능한 가능성'의 연장으로도 해결할 수 없는 원론적인 문제가 도사리고 있다는 점이

고, 시인 역시 그러한 고민을 노출하고 있다는 사실이다

　아버지의 발자국이 가득 찍힌 논바닥에/ 두께가 있는 듯 없는
듯/ 얇은 살얼음이 얼었다/ 지푸라기를 살며시 쥔 살얼음 속에/
아버지의 발가락 지문이 비천상飛天像의 옷자락처럼 어렸다/ 그
런데……, 사실은……/ 새끼에게 파 먹힌 우렁이 껍질을 닮았다
　　　　　　　　　　　　　　　　　　　　　　─「살얼음」 전문

　균열된 세계에 남은 "발자국"들을 전유해 "발가락 지문"
을 떠올리고 "비천상飛天像의 옷자락"으로 은유되는 아름
다운 풍경은, 기실 "살얼음"을 딛는 긴장의 순간이며, 한
줄기 희망("지푸라기") 조차 동일성의 세계에 내던져져야 하
는 차디찬 환멸의 순간이다. 그러한 과정이 어떻게 "비천
상飛天像의 옷자락"으로 아름다워지는지, 왜 다시 "새끼에
게 파 먹힌 우렁이 껍질을 닮"는 것인지 시인은 설명하지
않는다. 그것은 단지 "그런데……, 사실은……"이라는 두
마디 속에 잠재되어 있을 따름이다.
　그러나 아무것도 지시하지 않는 이 의미 없는 대답은
근대 이후 서정성이 놓인 자리를 직시하는 것이기도 하
다. 또 다른 시편에서 시인은 "아버지의 몸은 온통 풀 냄
새와 소똥 냄새로 가득했지만 그 비릿한 냄새 사이로 수
천 가지의 향긋한 향내 분자를 풍긴다"(「아버지의 냄새」)고
적었는데, 이는 곧 서정성이 어떤 순수한 의지로 아름다

움을 파고 든다 하더라도, 애초의 모습은 사라지고, 또 다른 내부가 끊임없이 증식되는 "분자分子"의 구조로 이루어져있음을 뜻한다. "아버지"가 '서정적 화해'의 대상이 될 수 없다면, 동일성의 세계란 그저 갈등이 지연되는 순간에만 도래하는 세계, 텅 빈 내부로 증식되는 "새끼에게 파먹힌 우렁이 껍질"에 불과할지도 모른다.

그렇다면 우리가 주목해야 할 부분은 '서정적 화해'의 가능성이 아니라, 판단이 지연된 한정된 시간일 것이다. 그리고 그 시간 동안 무엇을 할 것이고, 무엇을 할 수 있는가에 초점을 맞춰야 한다. 종래의 독법과는 다른 초점으로 장인수의 시집을 읽을 때, 우리는 가부장적 사회에서의 남성의 육체가 완전한 것으로 대물림되지 않는다는 자각과, '유희'와 '탐구'의 지평에서 배제되었던 몸을 되돌리려는 내밀한 힘을 발견할 수 있다. 시집의 전반부라고 할 수 있는 1부와 2부에서 그러한 자각의 과정이 드러나고, 후반부인 3부와 4부에서 아내를 중심으로 한 가족에 대한 일화들과 현직 국어교사로서 그가 겪어온 일상을 되짚는 구성은 결코 우연이 아닌 것이다.

아내가 지독한 독감으로 앓아 누울 때/ 전복죽을 끓이고/ 찬 수건으로 펄펄 끓는 이마를 닦아 주고/ 아내의 발가락을 주물러 주다가/ 발가락 때문에 나도 모르게 욕정이 발동해서/ 아내를 겁탈하려고 했습니다/ 아무리 애무를 해도/ 아내의 몸은 질척해

지지 않았습니다/ 결국 거사를 성사시키지 못했습니다/ (…중
략…)/ 차고 넘치는 성욕의 본능 앞에서/ 내 젊음은 부끄러웠지
만/ 불덩이가 된 몸으로/ 아내는 애써 웃으며/ 나의 손을 꼭 잡
고 웃어 주었습니다   ─「독감의 유혹」부분

　함께 산책하던/ 아내의 손아귀가/ 기습적으로 느닷없이/ 남
편의 아랫도리를 와락 움켜쥐었습니다/ 놀란 소처럼 눈알을 부
릅떴습니다/ 화들짝 이미 뜨겁게 불기둥이 된 남편입니다/ 그
런데 아내가 불나비처럼 주변을 나폴거리면서/ 불끈 솟은 남편
의 물건을 향해/ 존댓말을 쓰는 것이었습니다/ "불끈 스님! 나무
아미타불!"   ─「스님! 노여움을 푸세요」부분

　특히 성性을 중심으로 한 소소한 사건들이 눈에 띄는데,
시쳇말로 '아재 감성'이라고 불릴만한 질펀함이 노골적으
로 드러난다. '아재 감성'이 시대착오적이고 단순하며, 가
부장적인 사고의 틀에서 벗어나지 못한 (중년) 남성의 모
습을 가리킨다고 한다면, 시인이 제시하는 시적 상황 역
시 공감을 얻기 어려워 보인다. 그것이 종래의 남근적 권
위가 사라진 시대에 건강한 관능과 생식의 욕망을 지향한
다 하더라도, 누군가에게는 불편하게 읽힐 수도 있다. 더
구나 그러한 에로스적 욕망이 끌어들이고 발산하는 에너
지들이 부각될수록, 우리는 가부장적 사회에서 완전한 것
으로 간주된 육체에 가까워질 뿐, 눈앞에서 대면하고 있

는 육체에 대해서는 무감각해진다.

그럼에도 장인수의 시편들이 의미 있는 것은, 시인이 제시하는 시적 상황이 '유희'와 '탐구'의 지평이 허락된 몸으로부터 기원하는 것이기 때문이다. 비록 질펀하고 능청스러운 '아재 감성'으로 충만해 보일지라도, 그것은 카니발의 장소로서 허락되지 않았던 남성의 몸, 가부장적 사회에서 기준이 되는 몸을 내던진 이후에야 고백할 수 있는 일상들이다. 「독감의 유혹」에서 보듯이, "지독한 독감으로 앓아누"워 있는 "아내"에게 "성욕"을 품는 시적 화자는 결코 완전한 육체의 소유자가 아니다. "독감"에 갈린 "아내"에게조차 기대야 하는 불완전한 존재이며, "아내"(여성) 역시 그의 의지만으로 대상화되지 않는다. "아무리 애무를 해도/ 아내의 몸은 질척해지지 않았"다는 노골적인 표현에서 "아내"의 몸 대상화하려는 처음의 의도가 드러나지만, 결국 우리의 인식 속에서 인화되는 이미지는 대상화에 실패한 벌거벗겨진 남성의 육체이다.

이러한 실패가 의미 있는 것은 그것이 어떤 좌절을 가리킨다기보다, 카니발의 동력으로 작용한다는 데 있다. "손을 꼭 잡고 웃어 주"는 "아내"를 통해 기존의 질서가 재편되고, 시적 화자는 더 큰 유대와 위안의 현실로 되돌아오는 것이다. 「스님! 노여움을 푸세요」에서 드러나듯이, "불끈 솟은 남편의 물건을 향해/ 존댓말을 쓰는" 불경스러운 유희는 가부장적 사회의 기준(몸)을 허물어뜨림으로써,

114

바로 그 '아버지'(남편)를 존중하고 자존심을 지켜줄 수 있는 새로운 윤리를 환기하게 된다. 나아가 이러한 새로운 윤리로부터, 가족 구성원 전체도 서로의 존재를 이해하고 존중받을 수 있는 카니발에 동참할 수 있다.

아내와 아들 앞에서/ 남편이 걸그룹의 춤을 춥니다/ 에이핑크, 노노노nonono, 원더걸스, 텔미tell me/ 나이 오십이 넘었지만/ 걸그룹의 춤을 흉내 냅니다/ "주책바가지!"/ "아버지, 추해. 제발 그만해!"/ 아내와 아들이 절규하며 온갖 핀잔을 주지만/ 나는 엉덩이를 흔들어hip hopping!/ 껄렁한 옷차림과 삐딱한 모자와 불량스러운 말투/ 팬티 바람으로 추기도 합니다/(…중략…)/ 가슴 밑바닥에서 끓어오르는 멜리스마 파두/ 소렌토의 칸쵸네 칸쵸 칸쵸/ 고딩 아들과 아빠와 아내가/ 동해 바다를 향해/ 실성을 한 듯 광란의 춤을 춥니다/ 우리 가족은 미쳤습니다

― 「우리 가족은 미쳤습니다」 부분

기존의 윤리관으로 "미쳤"다고 말할 수밖에 없는 이러한 풍경은 디오니소스적인 광란을 연상시킨다. 위에서 언급한 바와 같이, 이 카니발은 가부장적 사회에서 기준이 되는 몸을 내던진 "남편"으로부터 시작해, "고딩 아들과 아빠와 아내가/ 동해 바다를 향해/ 실성을 한 듯 광란의 춤을" 추는 것으로 마무리된다. 하지만 이것을 오롯이 몸의 향연이라고 단정짓기는 어려울 것 같다. "삐딱한 모자와 불량스

러운 말투/ 팬티 바람으로 추"는 일탈을 위해 동원되어야 하는 정신적 영역을 무시할 수 없는 까닭이다. "에이핑크, 노노노노nonono, 원더걸스, 텔미tell me"와 "멜리스마 파두/ 소렌토의 칸쵸네" 사이의 간극은 단순히 음악의 장르적인 차이를 넘어선다. 그것은 세대론을 비롯해 문화적인 영역에 대한 차이를 드러내는 것이고, 각각의 음악 장르가 지니고 있는 형식과 위계 역시 작동하고 있음을 뜻하는 것이다.

저녁 늦게 집에 와서/ 허리띠를 풀고 바지를 벗고/ 겉사람의 팬티까지 벗습니다/ 노곤함과 예의범절을 홀딱 벗습니다/ 내 거웃, 젖꼭지, 겨드랑이가/ 하루 일과에서/ 벗어나는 모습을/ 그윽하게 바라봅니다/ (…중략…)/ 나의 갈비뼈를 만지고/ 달랑거리는 알몸으로/ 거실과 부엌을 돌아다니며/ 자메이카 커피를 갈면서/ 커피 향을 즐깁니다/ 베토벤 교향곡 4번에서 9번을 들으면서/ 음악으로 알몸 목욕을 합니다
　　　　　　　　—「음악으로 알몸 목욕을 합니다」 부분

카니발을 통한 새로운 윤리의 최초 작동이 개인(아버지)의 몸을 장소로 이루어진다고 하더라도, 그것의 확산 과정은 몸과 디오니소스적 감성만으론 설명되지 않는다. 시인에게 이러한 문제는 아폴론적 요소와 디오니소스적 요소의 충돌이라기보다, 각각의 요소가 상황에 따라 상대적으로 작동하는 계기에 가깝다. 인용한 시편에서처럼, "허리

116

띠를 풀고 바지를 벗고/ 겉사람의 팬티까지 벗"는 아버지의 행동은 디오니소스적이라고 말할 수 있겠지만, "달랑거리는 알몸으로/ 거실과 부엌을 돌아다니"고, "자메이카 커피를 갈면서/ 커피 향을 즐"기는 동안 듣게 되는 "베토벤 교향곡 4번에서 9번"은, 그것이 "음악"이라는 이유만으로 디오니소스적이라고 보기 어렵다. 주지하다시피 "교향곡交響曲"은 무대와 객석의 구분이 모호하던 시절, 소란스러운 관객의 주의를 집중시키기 위해 고안된 것이고, "베토벤"이 고전주의 시대와 낭만주의 시대에 모두 언급될 수 있는 음악가라는 점을 상기해 본다면, "음악으로 알몸 목욕을" 즐기는 순간의 "음악"은 시적 화자의 디오니소스적 행동과 조화를 이루는 아폴론적 역할을 수행한다고 볼 수 있다.

물론 자연물에서 비교 대상을 찾을 수 없는 "음악"은 그 자체로 감성적이고 디오니소스적이다. 눈여겨볼 것은 시인이 그러한 요소들을 고정된 것으로 인식하지 않는다는 사실이다. 그가 벌이려는 카니발은 실존적 운동 자체에 방점이 찍힐 뿐, 어떤 고정된 가치를 부여하는 것은 무의미해 보인다. 또 다른 시편에서, "카뮈여/ 니체여 원효여/ 토렴을 한 뜨끈한 돼지국밥을 함께 먹자"(「돼지국밥」)고 적은 것에서 보듯이, 어떤 실존적 철학이나 해탈도 늘 상대적인 위치에서 (재)평가될 여지로 남는 것이다.

그것은 곧 시인이 지향하는 동일성의 원리가, '장천하어천하藏天下於天下'의 과정을 실천하는 것과 같이, 균열된 세계의 흐름에 몸을 내맡긴 채, 그 흐름과 일치되는 상대적인 순간을 찾은 여정이라는 점을 생각하게 한다. 즉 '1인칭'의 시점으로 세계를 전유하는 것이 아니라, 균열된 세계의 파도에 끊임없이 흔들리다, 마침내 세계의 일부가 됨으로써 '1인칭'의 불가능한 전유 자체를 무의미한 것으로 만드는 시적 상황을 제시하는 것이다. ("장자莊子는 '천하는 천하로 품어야 한다藏天下於天下'고 했습니다", 「아랫도리의 무량사無量寺」) 따라서 처음 세계의 외부에 위치했던 '1인칭 관찰자' 역시 차츰 세계의 내부로 들어와 세계의 일부로써 인식된다.

미로틱 페로몬/ 교탁 주변에 좌악 뿌려 놓고/ 시치미를 뚝 떼고/ 깔깔깔 목젖을 폭발시키는 첫 제자 처녀님들/ 어떤 여학생이 가랑이를 벌렸습니다/ 윽, 악, 안 돼, 안 봤다, 그냥 봤다/ 이미 살짝 반응이 와 버린 수컷/ 교탁에 하반신을 좍 밀착했습니다/ 뒤쪽 벽시계를 응시하면서/ "갑자기 시낭송을 하고 싶습니다."/ 다행히 암송할 수 있는 시가 스무 편이 넘었습니다/ '진달래꽃', '제망매가', '정읍사', '청산별곡'/ 황진이의 시조들까지 쩌렁쩌렁 낭송은 계속되었습니다/ (…중략…)/ 나는 첫 시간부터 아주 나쁜 선생이었습니다/ 그로부터 25년이 흐른 어느 날/ 첫 제자들과 까르르까르르 만났습니다/ 놀랍게도 그녀는 개척교회 목사님이 되셨습니다/ 스승을 뛰어넘는 제자가 되었습니다

—「초짜 선생」 부분

인용한 시편은 혈기 왕성한 "초짜 선생"이 여학교에서 첫 수업을 맡았던 일화를 옮기고 있다. 1인칭 관찰자 시점과 직접 인용, 수사를 배제한 문장의 사용 등 생동감 있는 내용의 전달을 우선시하고 있다. 그러한 생동감은 먼저 독자의 흥미를 유발하기 위한 것이지만, 인용한 시편을 포함한 다수의 시편들이 시적 긴장이 잘 드러나지 않는 산문 형식을 취하고 있다는 점을 염두에 둘 때, 단순한 흥미 이상의 의도를 생각해 볼 필요가 있다.

시적 화자의 몸의 반응으로부터 촉발된 일탈적인 상황은, "교탁에 하반신을 쫙 밀착"시킨 채, 국어 교과서에 등장하는 "'진달래꽃', '제망매가', '정읍사', '청산별곡'/ 황진이의 시조들까지 쩌렁쩌렁 낭송"함으로써 최고조에 달한다. 결국 "초짜 선생"은 학생처럼 시를 "낭송"하게 되는데, 이 과정에서 선생의 위치는 낭독 시험을 치르는 학생과 뒤바뀌게 된다. 이러한 카니발적인 상황의 연출은 내용적 측면에서의 시적 긴장을 형성하는 것이고, 생동감은 그러한 전복의 현장성을 극대화하기 위한 요소로써 동원된다.

문제는 "어떤 여학생이 가랑이를 벌렸습니다/ 윽, 악, 안 돼, 안 봤다, 그냥 봤다"와 같은 묘사의 경우, 그것이 카니발적 전복 직전의 긴장감을 위해 동원되었다 하더라도, "여학생"을 성적 대상화했다는 오해를 벗어나기 어렵다는 점이다. 단순히 독자의 흥미를 위한 것이었다면, 그것은 도덕적으로 명백한 잘못을 저지르는 것이 된다. 하지만 시인의 화법이 겨냥하는 지점이 대상화 된 "여학생" 아니라 자기 자신이라면 어떻게 될까? 스스로를 대상화하고 마침내 그것을 세계의 일부로 간주한다면 시편에 나열된 일련의 행동들은 "여학생"을 둘러싼 균열된 세계, 곧 폭력과 부조리가 난무하는 현대의 삶 그 자체가 된다.

생동감을 우선시하는 시인의 의도가 여기에 있다. '동일성의 시학'이 작동하는 바로 그 순간, 시인은 '세계—내—존재'에서 '세계—내—세계'가 됨으로써, 새로운 존재를 호출하는 것이다. 그러한 과정에서 요구되는 것은 '세계—내—존재'의 깊고 미묘한 내면이 아니라, '세계—내—세계'가 드러내는 운동성, 즉 생동감이기 때문이다.

그러한 카니발의 세계에선 "초짜 선생"의 발기한 성기와 "스무 편이 넘"는 시의 관계 역시 육체와 정신의 이분법으로 나누어지지 않는다. 때때로 시는 발기한 성기를 가리는 도구가 될 수도 있고, 반대로 육체의 변화를 이끌어낼 동인이 될 수도 있는 것이다. ("아내의 작고 은밀한 부탁처럼/ 봄눈이 녹아/ 계곡물은 마태복음을 암송했고/ 대지에 흐르는 물소리는/ 윤동주의 시를 낭송했습니다.", 「예수님이 섹시해 보이네」) 또한 시적 화자 자신을 '세계—내—세계'로 인식함에 따라, "여학생"들은 대상화하고 전유해야 할 이유 역시 사라지게 되는데, "25년이 흐른 어느 날"에 만난 "여학생"이 "개척교회 목사님"이 되었다는 사실은, 기존의 서정시가 그러하듯 "초짜 선생"(서정적 자아)과 "여학생"(세계)

사이에서 동일성의 근거를 찾아야 할 문제가 아니라, '세계—내—세계'의 새로운 '존재'로서 "여학생(목사)"이 무엇을 "개척"해 나갈 수 있는가의 문제로 전환되는 것이다.

"어느 때는/ 귀두에 제 3의 눈동자가 있어서/ 저 깊은 근원/ 생명의 출발점을 현미경처럼 들여다"(「귀두는 제 3의 눈동자입니다」)보려는 시인의 태도는, 재물대에 붙들린 '1인칭'의 자아가 아니라, 그를 바라보는 "현미경"과의 동일시를 의도하는 것이다. 이는 곧 시인과 독자의 자리가 뒤바뀌는 카니발이며, '서정적 화해'의 가상을 독자의 개별적이고 사적인 경험의 장소로 옮겨오는 일이기도하다.

따라서 장인수의 이번 시집은 새로운 동일성의 원리가 작동하는 "생명의 출발점"이자, '장천하어천하藏天下於天下'의 카니발을 꿈꾸는 아비들의 연대기라고 할 수 있을 것이다. 그리고 그 마지막 마디에 이르러서야 시인은 아버지로부터 물려받은 불완전한 육체를 1인칭으로 전유하고자 한다.

시골 섬돌에 진흙 두 덩어리가 있었다/ 멀리서 보면 흡사 쇠똥이었다/ 칠칠맞고 후질르기 좋아하는 아버지는/ 흙투성이 옷을 입은 채 오수午睡에 빠져 있었다/ 그럴 줄 알고 새 운동화와 크록스를 사 왔다/ 새 신발은 한나절도 못 가서 진흙투성이가 되겠지/ 아버지는 어린 나에게 신발 '리履'자를 가르쳐 주셨다/ 신을 신고 걸어온 발자취가 '이력履歷'이라는 것도/ 신발과 동음이의어인 '신발의新發意'는/ 보리심菩提心을 처음 일으킨다는 의미의 한자어라는 것도/ 노인이 돌아가시기 전에는 신발부터 어지러워진다는 것도/ 섬돌 위에 신발을 가지런히 놓아야 기품 있는 집안이라는 것도/ 아버지의 고상한 가르침이었지만/ 정작 천방지축 당신의 신발은/ 고삐 풀린 송아지가 섬돌에 싸지른 똥덩어리 같았다   ─「흙덩어리」전문

  시집의 마지막에 배치된 「흙덩어리」는 앞선 여러 시편들과 달리, 관찰자의 시점을 배재하고 1인칭 자아의 내면적 고백에 집중한다. 표현적인 면에서도 "아버지"의 "신발"이 "진흙"으로, 그것이 다시 "쇠똥"으로 인식되고, 그 과정에서 "신발 '리履'", "이력履歷", "신발의新發意" 등의 관념어가 비루한 "신발"(현실) 위에 포개짐으로써 절창이라고 할 만한 수사적 솜씨를 발휘한다. 그럼에도 기존의 서정적 화법을 통해 시인이 말하고자 하는 바는 "아버지의 고상한 가르침"과 "고삐 풀린 송아지가 섬돌에 싸지른 똥덩어리"의 불화를 화해시키는데 있지 않다. "한나절도 못가서 진흙투성이가 되겠지"만, 시인은 "새 운동화와 크룩스"를 사들고 스스로가 만든 세계(아버지)를 디뎌보면서, 정말로 1인칭 독자(아들)의 시점에서 전유한 내면을 들춰 보는 것이다.
  서두에서 언급한 바와 같이, 장인수의 이번 시집은 '평자의 해석이나 미학적 견해가 크게 요구되지 않'는 시집임에 틀림없다. 그것은 전통 서정시의 독법으로 읽거나, 어

떤 내밀한 세계를 모색해 보거나, 결국은 독자가 채워 나갈 몫을 마련해 놓았다는 것을 의미한다. 하지만 거기에는 어떠한 세계가 펼쳐져 있는가? "진흙 두 덩어리가" 보이지만 "멀리서 보면 흡사 쇠똥이" 되는 세계는 가상인가? 현실인가? 균열된 세계와 동일성의 세계, 그리고 양자가 지연된 한시적인 상태를 모두 가정해 본다면, 이 '생각하는 기계'를 작동시키는 것은 여전히 독자들의 몫이다.

다시, 시인의 말을 떠올려 본다. 모든 개별적인 눈높이가 있고 그것에 일치하는 순간에만 보이는 새 세상이 있다면, 그 세계의 미래는 "감자를 캘 때 흙속에 손을 쑥 집어넣"어 본 자들만이 아는 촉감으로 만져질 것이다.

적멸에 앉다
장인수 시집

초판 1쇄 발행일 2017년 10월 30일

지은이 · 장인수
펴낸이 · 김종해
펴낸곳 · 문학세계사

주소 · 서울시 마포구 신수로 59-1(04087)
대표전화 · 02-702-1800 팩시밀리 · 02-702-0084
이메일 · mail@msp21.co.kr
홈페이지 · www.msp21.co.kr
페이스북 · www.facebook.com/munsebooks
출판등록 · 제21-108호(1979.5.16)

값 9,000원
ISBN 978-89-7075-867-1 03810
ⓒ 장인수, 2017

이 도서의 국립중앙도서관 출판예정도서목록(CIP)은 서지정보유통지원시스템
홈페이지(http://seoji.nl.go.kr)와 국가자료공동목록시스템(http://www.nl.go.kr/
kolisnet)에서 이용하실 수 있습니다.(CIP제어번호: CIP2017027152)

이 시집은 2015년도 서울문화재단 문예창작기금을 받았습니다.